テネシー・ウィリアムズ
Tennessee Williams
広田敦郎 訳

Conversation with
Yukio Mishima

西洋能

男が死ぬ日

The Day on Which a Man Dies

他2篇

Green Eyes／The Parade

JIRITSU SHOBO
而立書房

The Day on Which a Man Dies
Green Eyes
The Parade
Conversation with Yukio Mishima
by Tennessee Williams

目次

西洋能

男が死ぬ日

The Day on Which a Man Dies

(An Occidental Noh Play)

三島由紀夫に捧ぐ
長きに渡る友情と多大な称賛を込めて

西洋能「男が死ぬ日」は２００８年2月1日、シカゴのリンクス・ホールにおいて、Summer NITE（芸術監督クリストファー・J・マークル）の製作により初演された。演出および美術＝デイヴィッド・キャプラン、絵画制作＝ミーガン・トレイシー。出演者は登場順に以下のとおり——

東洋人……………ジャーソン・デュカネイ
男……………スティーヴ・ケイ
女……………ジェニー・モロー
後見2……………フェイス・ストレング

第一場

後見1、地謡、ワキを演じる「東洋人」が、真っ暗な舞台に差したスポットライトの中に現われる。

東洋人が軽く一礼し、そして紐を引くと、一枚の大きな画仙紙がほどけ、舞台の間口をほぼ覆い尽くす。彼が指を鳴らすと、紙に大きな真紅の文字が投影される——劇の日本語の題名『東洋人』が日本の文字で書かれている。東洋人はそれを声に出して読む。

東洋人　「トーヨージン」。

そして脇へ数歩歩くと、日本語の題名の下に英語の題名がくっきりと対照的な色彩で投影される。

東洋人　（地謡として）男が死ぬ日は彼の死の前日が終わる午前零時に始まります。

彼が指を鳴らすと、投影された二か国語の題名は消え、スポットライトも暗転する。リード楽器の短い日本的な調べが聞こえる。すると舞台がかっと明るくなり、部屋が二つ現われる。二部屋は形状こそ同一だが、そのほかは似ても似つかない。下手側は女の部屋である。東京のホテルの寝室で、家具は少なく秩序立っている。上手側の部屋では芸術家の男が絵画を制作する。部屋を囲む壁には非常に大きなカンヴァスが幾重にも立てかけられ、おそろしいほどに内省的な暴力や無秩序を印象づける。すべて原色の抽象画であり、狂乱の叫びを発しているようである。

芸術家の男は足元に置かれたカンヴァスを見下ろすように立つ。スプレーガンを手にしており、絵具をカンヴァスに吹きつける。荒々しく呼吸し、まるで足元のカンヴァスに潜む悪霊と猛烈に取っ組み合っていたかのようである。肌と同色のタイツを身につけ、タイツには男の体の様々な部位が様々な色で詳細に描かれている——ピンク色の乳首、骨の出っ張りや血管や筋肉の青い輪郭、ブロンドの脇毛。鮮やかな緑のシルクでできたイチジクの葉が股間を覆っている。

男はまだ若く、筋骨たくましい体は肉体労働者のようである。獰猛な顔つきは激しい怒りによるものであり、それはカンヴァスにも表われている。

すこしカンヴァスを見下ろした後、男はさらに赤い絵具を吹きつける。そしてスプレーガンを放り出すと、がっくり膝をつき、カンヴァス上の絵具を五本の指でこする。イメージに満足がいかないのである。男は尻をつくと同時に、げんなりしたような喘ぎを喉から漏らす。

隣の秩序立った部屋に女が登場し、東洋人が後に続く。いま東洋人が演じているのは東京帝国大学の法学生である。

女　どうぞかけて。連れてくるわ。ちょっと失礼。

東洋人は軽く一礼する。女が二つの部屋の仕切りのほうへ行くと同時に、東洋人は舞台前の腰掛に腰を下ろし、膝の上にブリーフケースを載せる。品があり、冷静である。

女　（仕切りの引き戸を開け）つ、は！

男　（すさまじい目つきでまっすぐ前を見つめながら）何度言えばわかるんだ——？

女　ホテルの支配人に言われたの——

男　（激憤に顔を震わせ）邪魔しないでくれって、俺は——

女　あなたが部屋を——

男　**仕事してるんだよ！**

女　壊してるって！

男　いつもアトリエには鍵をかけてたろう。

女　ここは——

男　**とっとと——**

女　アトリエじゃない——

男　**出てけ！**

女　ホテルの部屋よ。

男　俺が仕事してるんだ、ここが——

女　家具を動かしちゃったのね？

男　アトリエだ！

女　こんなの仕事じゃない、こんなの——

男　（拳を握りしめ）**出てけ！　ほら！　出てけ！**

女　気ちがい沙汰、完全な――

男　**出てけ！**（目と唇を固く閉じ、いまにも噴出しそうな激情を押し留める）

女　気ちがい沙汰！　音でわかった、きっと何か――

男　一度、つき合って最初の年――

女　滅茶苦茶なことになってるって、あの――

男　仕事中にお前が夕食運んでくるから、俺は――

女　昨夜《ゆうべ》の叫び声、「さあつかまえた、このクソアマ！」って。

男　床に叩きつけて、盆をお前にぶつけてやったろ！

女　わたし思ったわ、「あれってわたしに向かってわめいてるの？　それとも――

男　あれで懲りたと思ってた――

女　日本人の商売女でも連れ込んでるの？」って。

男　一体――どういうことになるか――

女　これでわかったわ――

男　ずかずか踏み込んで台無しにしやがって、イメージがせっかく――（この台詞を言いながら部屋の反対端まで行き、スプレーガンを女に向ける）

女　とうとう自分の作品を――

男　湧いてきたのに！　い、い、い、い、

女　罵倒し始めたのね、わたしを――

男　これが何だかわかってるか？

女　罵倒するみたいに！　ええ、スプレーガンよ！

男　いいんだな？

女　それから空き瓶二本。

男　よおし、い、い、い、い、じゃ食らえ！

男は近づき、女のドレス一面に赤い絵具を吹きかける。女は壮絶な悲鳴を上げる。東洋人はブリーフケースを置き、隣の部屋のほうを向きながら立ち上がる。ふと男の激憤が収まる。詰まったような笑い声を発する。

女　クニヨシさん、電話でフロントに言ってくださる？――救急車を呼んで、この気ちがい男を連れてくよう。

男　紫のスパンコールに真っ赤な絵具！　最っっっっ高だな！（仰け反って大笑いし、よろめいて

しまう）

女　これ以上続けてもしょうがない。そろそろ手を止めて休まないと。医者と看護婦を連れて京都へ行けばいいわ、伊豆半島へ行って温泉でゆっくりしてもいい、日本のかわいい女たちがあなたをお風呂に入れてくれる、赤ちゃんみたいに——やさしく介抱してもらえば、神経も鎮まるでしょう。

勝利のうまみから笑顔を見せ、女は突然美しくなる。肌は滑らかでシミ一つなく、深いオリーブ色。体は見事にしなやかで、紫のスパンコールをあしらい、真紅のしぶきのかかったシルクのワンピースがぴったりフィットしている。

女　（イヴニングパースから小瓶を取り出し）この小っちゃな丸いダイナマイトを舌の下に入れて。（猛烈な勢いで男に近づく）——ぶっ倒れて死ぬ前に。そのあばらに心臓が透けて見えるわ。開けて、開けて、口開けて！

男は言われたとおりにする。

女　はい！　入った！　クニヨシさん、フロントに電話してくださった？

東洋人　（法学生として）たぶんご自分でなさったほうが――

男　（女に）お前は京都でも温泉でも行け、俺は――

女　わたしは錯乱状態の芸術家じゃない。わたしはあなたの娼婦でしかないの。

男　俺の？　俺だけの？　寝室にジャップ連れ込んでるくせに？

女　二か国語を話す日本人青年さんよ、東京帝国大学で――

男　まったく！

女　法律をお勉強なさっていて――

男　昔はお前も――

女　アメリカにも何年かお住まいだったの――

男　俺に気を遣って――

女　お父さまが領事だから。

男　連れ込むのは遠慮してた、俺の――

女　ご専攻は――

男　目の前では！

女　東洋と西洋の比較法学。わたしあなたが言ったことを話したの、あなたが死んでもわたしに法的権利はないって、十一年もいっしょに暮らした女なのに！

男　だからお前は自由ってことだ、俺にはお前を拘束する権利も所有する権利もないんだよ。

女　こちらの若者のご意見によれば、わたしにはあなたに対する権利があるそうよ、アメリカの裁判所も認めてくれるだろうって。

男と女はしばし黙ってにらみ合う。

女　そう！　知らなかった、スプレーガンで描いてたのね！

男　ああ、これでわかったろう。

女　ええ、わかったわ、画廊がこの新作の展示を拒否した理由もね。

男　どうして――？

女　そう思うかって？　これよ！（ハンドバッグから開いた電報を取り出す）この部屋の異常事態に気づいたもんだから、あなた宛ての電報を開けさせてもらったの、フレリック画廊からよ。（読んで）「一体どうなっているの――あなた病気なの、それとも冗談？　この写真に写った絵の展示を検討するなんて、わたしたちあなたの評判を過大評価していたようね。帰ってらっしゃい。わたしたちはあなたを愛しているし、あなたの助けになりたいの、誰が見ても混乱した状態で描かれた作品を展示すれば、あなたを傷つけることになる。愛を込めて、サラ。」

男　こう返信しとけ、「愛してるなら、どうすればいいかわかってるだろう。俺の新作は保管しておけ――いちばん大事な新作については、ほかの画廊と契約を結んで展示してもらう。」

女　まさか本気じゃないでしょう？

男　はじめて完全に自由になって仕事をしてる。

女　泥でパイをつくる子供だってそうよ。

男　出ていけ。俺は仕事に戻る。

女　あなたを助けられる人なんていない、人間の助けじゃ無理でしょうね。

男　助けを借りたことなんてない、助けを申し出てくれた人間はいないし、俺から求めたこともない。さあ、頼むから出てってくれ。寝室に誰かいるんだろう、さっさとそいつと寝たらいい。

女　どうしてわたしのライソールがここにあるの、ライソールまで使って描いてるの？

女は照明の入った隣の部屋に入る。東洋人は立ち上がる。

女　最悪だわ。

東洋人　（法学生として）え？

女　そのドア鍵かけて、あの人が入ってきちゃう。

東洋人　（立ち上がりながら）僕はそろそろ失礼したほうが。

女　だめよ。どうして？　真面目な仕事の話があるの。座って。ウィスキー召し上がる？

東洋人　頂きます。

女　もらってこなきゃ。（隣の部屋に入る）

男　ったく今度は何がほしい？　男ならそっちにいるだろう？

女　（ボトルを引っつかみ）ウィスキーよ。あの「男」の人はわたしの法的権利について話し合うためにいらしたの、東京帝国大学に通う若い日本の法学生さん、しかもハーヴァードの卒業生、優秀なの。わたしたちこっちで飲んでるわ、あなたが正気を取り戻すまで、取り戻したらいらっしゃい。三人で静かに、率直に話し合いましょう、わたしの法的権利について。

女はウィスキーの瓶を手に隣の部屋へ戻る。後見2がグラスの載った小さなテーブルをさっと運んでくる。女と東洋人はいっしょに酒を飲み、女が話す。

女　あの人の部屋にライソールがあった。

東洋人　ライソールって何ですか？

女　強力な消毒剤、アメリカの女が薄めて膣の洗浄に使うの、薄めなければ猛毒よ、飲んだらね。

東洋人　——飲んだんですか？

女　まさか、飲むはずない。わたしをこわがらせるために置いてるの。あの人あきれるほど子供じみてて、幼稚で——倒錯してるのよ！

男が入ってくる。

男　このジャップここで何してる、日本人なんか好きじゃないだろうお前、やつらはセックスには向かないって思ってたんじゃないのか。

女　この方英語がわかるのよ、会話もばっちりなの。

東洋人　すみません、失礼してもいいですか？　ええ、もう行きます。

女　だめよ。待って。話してあげて、わたしの法的権利についておっしゃってたこと。

男　お前の法的権利について、このジャップが何を知ってるんだ――だいたい法的権利って何だ、知りたいね。

女　あなたに対する法的権利よ、絶えず心中をもちかける危険な精神異常者と十一年間、内縁関係にあったわたしの。

東洋人　お願いです、もう行かないと。

男　いや、まだ行くな。教えてくれ、こいつの法的権利について何を話した？（女に）日本の若造に一体何がわかるっていうんだ、アメリカでのお前の法的権利とやらについて、お前なんかに法的権利もクソもない、そんなことジャップにもわかるはずだ。

東洋人　すみません、もう行きます。

男　（無理やり引き止め）**だめだ、残るんだ、まだ。**

東洋人　また来ます、後で――

男　――なんの後で？

東洋人　お話し合いの後で。真夜中を過ぎてますし、あした出直します。

男　おい、あしたは真夜中に始まるんだ、いまはもうあしただ。残っていますぐ教えてくれ、こいつの法的権利について、こいつと長年関係してる気ちがい男を気ちがいにしたのは

女　こいつ自身だ、そのうえこいつは俺を捨てようとしてるんだ。
（後見2が運んできた電話の受話器を取り）――ここに電話がある。その若者を帰してあげないなら、下に電話して助けを呼ぶわ。この方ハーヴァードの卒業生よ、いまは東京帝国大学の大学院生。わたしの法的権利はとても強いんですって。

東洋人　道徳的権利はとても強いと言ったんです。

女　道徳的権利はとても強い、だから――

男　道徳的権利――お前は俺の人間性を痛めつけて、俺から正気を奪って、俺を徹底的に、計画的に痛めつけた、十一年間――そんな女の道徳的権利って何なんだ？　お前は男としての俺を壊し、芸術家としての俺を壊した、どっちも、両方、どっちもだ！　そんな女に道徳的権利も法的権利もあるもんか。**おい！**

「**おい！**」という怒鳴り声は東洋人に対して向けられたものである。東洋人は自分のブリーフケースを持って、すでに退出している。

女　だったらわたしの人間性は？　十一年あなたの娼婦でいても、わたしの人間性は傷つかないってこと、それともわたしなんかどうだっていいの？　あなたは芸術家、わたしは娼婦！　芸術家なんてわたしには不潔な言葉だわ、いまじゃ娼婦より不潔な言葉！　芸術家、芸術家、いまのわたしには穢らわしい言葉。使いなさいよスプレーガン、絵描きさん、スプレーしなさい、絵具をカンヴァスにスプレーしなさい、芸術家さん、スプレーガンの絵描きさん、この**クソ男**、この**ゲス野郎！**　**わたしはあなたを愛してたの！**　さもなきゃ法的権利もないのに、あなたの娼婦として暮らすわけがないでしょう――愛してなかったとしても、どうせ娼婦でしかないけど、人でなし！

男はしばし女を見つめる。そしてスプレーガンを握っていた手を挙げ、女の顔にスプレーする。女は絶叫する。後見2が缶とタオルを持って登場する。

後見2　テレピン油でございます。

女　（むせびながら）あぁぁぁ。

後見2　失礼致します。（テレピン油とタオルで絵具を拭う）

男　（戸口で）もう仕事は無理だ、終わり！　芸術家には心の支えがいるんだ、品位品格を備えた人生の伴侶が。（描きながら、顎で乱暴に観客のほうを示す）

後見2は自分を完全に消し去ろうとするように軽く一礼する。

男　そいつが才能の泉になる。お前は泉に毒を混ぜた、意図的に、計画的に、よくわからないねじくれた感情から。それが俺には赦せない。お前は俺の才能の泉をどろどろに汚して、毒を混ぜた！　お前のせいで俺がどんなに落ちぶれたか！　俺の人生から尊厳は消え、誇りは消えた！　生きる気力も消え失せた、完全にだ。人生も仕事もどっちも痛めつけられた、どっちも！　そう、そうだ、人生も仕事も同じように、どっちもだ、この、この――おぞましい！　血も涙もない！　メス犬！

むせぶような声を上げて自分の部屋へ駆け戻る。女は戸口まで追う。見事なまでに動じず、男が錯乱したときはいつもそうである。美しく、落ち着き払って、女王然としている。

女　才能が枯れてしまったこと、わたしのせいにすればいいわ、それで楽になれるなら。

男　は？「才能が枯れた」？

女　あなた自分で言ったのよ、悪いけどわたしもそう思う。ええ、枯れて腐臭を放ってる。だってカンヴァスを地べたに置いて、筆を使わずスプレーガンで絵具をかけて、それから指でぐちゃぐちゃにして、まるで泥でパイをつくる子供みたい。――誰が見たって枯れてるでしょう？　なのに意地でも病院へは行かない。精神科で治療してもらえばいいのに、それしか希望はないはずよ。

男　**出てけ、出てけ、出てけ、出てけ、出てけ、出てけ！**

この叫びには動きがともなう――女を戸口から乱暴に突き飛ばす。女は一切抵抗しない。男はウィスキーの瓶をつかむ。

男　お前はいつでも急所にナイフを刺す！――その腕前にかけては芸術家だ。（ドアから退く。床からカンヴァスを持ち上げ、イーゼルに置く。喉を病的に鳴らしながらカンヴァスを見る）お前にはわかりっこない、俺にとってこいつがどんなに大切だったか。生きてきてずっと、自分のことも人生のことも大事じゃなかった、仕事だけが大事だった、仕事は俺を、俺を――洗い浄めてくれた！　俺の目の前にそびえ立って、人生に意味を与えてくれた。

（床からボトルを拾い、飲む）

女　そっちにいるあなたが見えるようだわ、ボトルからじかに飲んでるんでしょう――酔っ払って――自己憐憫に浸ってるのよ。

男はボトルを、なるべく音を立てないよう、イーゼルの前の腰掛に置く。

女　いまボトルを置くのが聞こえた。

男　だったらもっと聞かせてやる！（瓶を二人を隔てる鍵のかかったドアに投げつけ）こいつも聞こえるだろ！

女　ってことは、こっちに来て、箱からもう一本取り出すのね。でもドアはわたしの側から鍵をかけてある。芸術家！――変質者！――ペテン師！

男　いよいよ包み隠さずってわけだ。お前が俺を憎むのは何より俺の仕事のせいだろう。

女　ええ！　病みに病んだクソだからよ！

男　だったらお前は？　お前は？

女　わたしが**何**？　言ってみなさい。

男　――お前のせいだ、俺がお前を叩くのは。俺は誰のことも叩きたくない――誰一人。人生に多少のまともさがほしい、人生に多少の静けさがほしいと思うだけだ、そうすればどうにか――

女　どうにか何？

男　昔の自分に戻れるかもしれない。昔はまともな感情があった。お前とくっつく前は友達が大勢いた。好かれてた、愛されて尊敬されてたんだ。

女　どこが！　昔のあなたもいまのあなたと同じだったわ。あなたみたいな人間は決して変わらない、ガン細胞みたいに増殖するだけよ。病んだまま大きくなっていくの、悪性腫瘍が大きくなっていくように。あぁ、あなたがいままでわたしに何をしたか教えてあげられたらね！

男　言ってみろ、言ってみろ――俺がお前に何をした、のんべんだらりと暮らせるよう、せっせと貢いでやった以外に？

女　安っぽい男！　安っぽいおつむ、人間同士のつながりをそんなふうにしか考えられないなんて！

男　（再び勢いよくドアを開け）だったらお前は人間同士のつながりをどう考えてる？　十一年間つき合っても、俺にはわからないよ！

女　わたしには友達がいるけど、あなたにはいないものね！

男　一人もいない、俺はお前を取ったからな！――友達を捨てて、お前を取った！

女　あなたに友達なんかいなかったわ、あなたの血を吸うヒルだけよ。

男　いちばんでっかいヒルはお前だ！（ドアを強く閉め、また鍵をかける）

女　その言葉、一生忘れないわ。

男　いいじゃないか、覚えとけ！——べつに痛くもかゆくも［ないくせに］……

女　ヒルはあなたよ、わたしじゃない、あなたこそわたしの血を吸って、わたしの血管を空っぽにしたの、からっからの空っぽに、わたしはまるで——コオロギの抜け殻！——なのにいまさらあなたは自分を憐れんで、わたしがあなたの「人間性を痛めつけた」なんて。大した芸術家！　大した——役者だわ！

男　終わりにしよう、こんなの地獄だ。

女　そうよ、ここは地獄なのよ！

男　ああ、だったら終わりにしよう、こんな喧嘩ばかりだった、十一年間おんなじ喧嘩、こんなに長く続いた戦争はなかったろうよ！

女　この十一年間、わたしがどんな気持ちでいたと思ってるの、あなたのことをつかまえておくにはセックスしかない、それしかあなたをつかまえる方法はないなんて？

男　俺がどんな気持ちでいたと思ってる、愛してほしいのに、たまにセックスを与えられるだけなんて？

女　そうやってわたしがあなたの「人間性を痛めつけた」ってこと？

男　そう、そうだ、そのとおり！

女　わたしの質問がちゃんと聞こえた？　わたしがどんな気持ちでいたと思ってるって訊いたのよ、あなたの娼婦でしかなかったわたしが、この人でなし！

男　お前が望んでなったんだ。その気になればほかに何でもできたはずだ、何でも、ほかにどんなことでも、その気になれば、その気になればお前は——せめて俺をだまして、あざむいて、信じさせることができたはずだ、俺たちのあいだにもすこしは愛があるんだって、性的なことや十一年間の権力争いだけじゃない、闘いだけじゃ——

女　望んだものを手に入れたのはあなたよ！——若さを全部あなたに与えてしまったおかげで、わたしは萎《しお》れかけてるの、もう萎れてしまった。

男　あぁ、それでも何とかなる。バーで行きずりの相手は見つかる、これから先も、簡単に。

女　またいつもの被害妄想ね。

男　もう荷づくりしてチェックアウトする。

女　無理よ、荷づくりなんて。

男　いいや、無理じゃない。これまで何度してきたことか。

女　ここまで弱ってぼろぼろになる前のことでしょう。

間。男はふと両手で顔を隠し、一瞬泣く。

男　まったく、何て怪物だ、ここまで残酷で気の強い人間には会ったことがない！――俺はお前に去勢された！――八年前にはわかってた、でも認めたくなかった、だから俺は自分をだまして、お前がベッドでやってる芝居を嘘のない、誠実なものと思い込んだ。分析医にも話した、お前はベッドではとてもやさしくしてくれるって。そしたら何て言われたと思う？　ベッドでやさしくするのは娼婦の仕事でしょうって。

女　分析医に話した？　わたしのこと、娼婦だって言ったの？

男　ああ、そうだ。やつは俺にも娼婦だって言ってたよ！　お前のこと！

女　わたしのこと自分が思うとおりに聞かせてほしくて、一日五十ドルも払ってたのね。じゃあ聞かせてあげるわ、あなたのこと――わたしは五十ドルも取らない、いいえ、五十セントだって！――あなたほど腹黒で下劣で安っぽいゲス野郎はこの世にいなかった、嘘じゃないわ！

男　――あぁ、もう荷づくりだ、さっさとチェックアウトして、こんな地獄とはおさらばだ。

（進み出てメイドを呼ぶ――溺れた男が助けを求めて叫ぶように）

男　（日本語で）オテツダイ！

小柄な日本人のメイドが駆けつけ、お辞儀をして、息を切らしたような小さな叫びをくり返す。

男 荷づくり手伝ってくれますか？　もう行きます、帰ります！（メイドが理解するまで数回くり返し言わなければならない）

女 その子そっちでどうやって荷づくりできるのよ？　あなたの鞄もあなたの服も全部こっちよ。こっちに来させて。鞄も何もかも渡してあげる。小切手書いて、わたしがアメリカへ帰るための飛行機代、ドアの下から差し込んでおいて。この部屋には戻ってきてほしくないの、あなたの顔なんか一生見たくないんだから。

男 （メイドに）隣へ行って、俺の荷物を。

メイドは理解できず、何度も首をすくめ、こわがってびくびくとしている。

女 こっちに通してあげて、わたしが言うから、あなたの邪魔な鞄も何もかも渡してあげる。

男はドアの鍵を開け、メイドに身振りで入るよううながす。

女　こっちよ！　こっち！　こっち！（クローゼットから男の服を取り出しては床に放り、スーツケースを足で蹴っては服のまわりに寄せる）――これ全部あっちへ持ってって。**あっち！**

メイドはこわがりながら、服とスーツケースを集める。男はすでにドアを強く閉めている。メイドはおそるおそるノックをする。男はメイドを部屋に入れる。メイドは小声で何度も謝る。床に正座し、服をたたんでは鞄の中に入れていく。

女　（ドア越しに）あなたに必要なのはそれよ、住み込みの召使、奴隷！――縮こまって、めそめそして、びくびくして、ぺこぺこするちっちゃな奴隷！――足元にひざまずいてくれる！

男　俺には愛が、理解が必要だったんだ、女のやさしさが、娼婦の手練手管じゃなくて。

女　なぜ出ていくの？　そういう女たちがあなたにはぴったりじゃない！――足蹴にされても、その足にキスしてくれるでしょうよ。

男　なぜって――

女　――な、ぜ、よ？

男　――お前を美しいと思ったから、愛してたからだ。俺は心から愛してた。

女　ベッドでたっぷり味わったってことでしょう。そういうことよ。

男　愛してた。それくらいわかってるだろう、それは否定できないはずだ。俺はお前を愛してた、なのにお前は俺にどちらか選べと言った、お前か、それとも――俺の自尊心の最後のかけらか、わかってるはずだ、それは否定できないはずだ……

女　またそっちで飲んでるの、めそめそ酔っ払って。

男　お前はそっ、ち、で何してるんだ？

女　この状況で、そんなこと気になるものかしら！

ドアに鍵をかけないまま、女は自分の部屋で、鏡に向かって平然と入念に化粧をする。男は酒を飲んでいる。小柄な日本人のメイドはせわしなく、何かつぶやきながら荷づくりをする。その様子には、病気の子を見る母親のようなやさしさと的確さがある。

男　お前にも見せてやりたいよ、この若い小柄な日本人女のしおらしさ。子供に服を着せるように、俺の服を鞄に詰めてる。

女　ええ。手練手管なら、そ、の、子、た、ち、の、ほ、う、が、知ってるでしょう。（受話器を取る）お茶くださる？　濃いお茶を、緑茶じゃない、濃い紅茶。わかります？　濃い紅茶、濃い紅茶がほしいの。（日本語を言って受話器を置く）コイコーチャ。（そして舞台前へ出ると、観客に向かって話す）荷造りしてるの、あの人？　クソったれ！　どこへ行くつもり？　わたしなしではどこへも行けない、わたしのものなのあの人は、ずっとわたしのものだったのよ、アソコの毛まで、あの人だってわかってるはず。わたしほどはわかってなくてもわかってる。十一年間つき合ってるの、十二年近く。あの人のこと、わたし何もかもわかってる、でもわたしのこと、あの人何もわかってない！——わたしの体はべつだけど、この体のおかげでいままでもあの人をつかまえておける。そうやってずっとつかまえてきたの。わたしは古代地中海人種で、あの人はブロンドの雑種犬タイプ、ウェールズ的な野性がすこし、ピューリタン的なイギリスかたぎ、ドイツ的な感傷もたっぷり、ほとんど自己憐憫。——廃人よ！——あれでよく芸術家が務まるわ、作品を売って。（観客に向かって秘密めかすように笑う）——四桁の値段で。ええ、それだけの値打ちはあったのよ、過激になるまでは、そしたら作品のほうがあの人に牙をむいて、トラのように、そうしてあの人をばらばらにした。だけどそれはあの人の問題、わたしの問題はわたしの利益を守ること。これからもうまいことやらないと。それならできる。そういう知識なら生まれつきもってる。時には二番目にいい手も考えなくちゃいけない。この場合、二番目にいい手は何の手も打たないこと。ただお茶を頂いて、それから——

東洋人がウェイターの役として、陶器の茶器を一式運んで登場する。

女　——ありがとう。

女は勘定書にサインをする。東洋人は一礼して下がる。

女　あの人に何があったかわかる？　あの人小さな子供のころ、悪い遊びを覚えたの、マスターベーションを。それを母親に見つかったのよ。母親は言った、そんなことしたら神様が怒る、ママも怒るし神様も怒る、神様やママを怒らせるのはいやでしょって。——それがすべての始まり、そうなの……それから母親は言ったのね、神様にお仕置きされるわよ、ママもお仕置きするわよって。あの人ママを愛してた、神様のことも愛してた、だからやめたの。お仕置きされたくなかったからやめた。でもしたかった。だからあの人ママと神様に腹を立てて、ママと神様を憎むようになって、ママと神様の望みを無視した。ピューリタンらしいパターンよ！——罪の意識。そして償い。罪の意識をいだいては償い、償ってはまた罪の意識をいだく。——逃げられないの、そこから決して逃げられない、だからわたしからも逃げられない。あの人もうすぐそのドア開けて入ってきて、赦しを乞うはず。――いっしょにベッドに入るしかないわ、赦したってことを示してあげるためにね、わたしもママも神様も……――そんな人生送ってみたい？　めんどくさいし、疲れるわ！――しょうがない、それも人生。何がうんざりかってね、あの人いまだにそんなものを愛だと思ってるみたいなの。

女は紅茶を飲む。日本人のメイドが荷造りを終え、男はメイドにチップをやる。

男　サヨナラ！

女　（馬鹿にして）サヨナラ！――馬鹿みたい。――半年ここにいて、あの人が唯一覚えた言葉は、映画のタイトルで知った言葉……――スプレーガンで描くようになって、わたしにはあの人が終わったってわかった。わたしは自分が何者かなんて知らないけど、芸術家じゃなくてよかったわ。――スプレーガンで絵を描いて、しかもお酒の力を借りなきゃできないなんて！――サヨナラ！　馬鹿みたい！――あの泣き虫のク［ソ男］――スプレーガン……

男はパレットナイフでカンヴァスを切り裂いていく。

女　——今度は何？　カンヴァスを切り裂いてるんだわ！——自分の喉を切り裂く度胸がないもんだから。（ドアのほうを向いて叫び）**自分の喉を切り裂いたらどうなの？**（間。再び観客のほうを向き直り、皮肉を込めて）——返事なし。——わたしには法的権利がない。あの人神を信じてないくせに、離婚はできないって言い張るの、自分はカトリックで妻は精神異常者だからって。——わたしには法的権利がない、十一年もつき合ったのに。

男は切り裂かれたカンヴァスから離れ、おぼつかない足取りで後ずさる。堰を切ったように泣き出して両手に顔を埋め、千鳥足でよろめきながら、気の触れたような身振りをする。そしてとうとう床に倒れる。

女　——今度は何？

しばらくすると男は再びよろよろ立ち上がり、二つの部屋を隔てるドアのほうへ行く。隣の部屋から音がしないか、耳をそばだてるように首をかしげる。

女　（小声で）ああ、こっちへ来るわ、こっちへ入ろうとしてる、いままさに。

女は舞台前の腰掛を取り、そこに座って、男の降伏を静かに待つ。男はコソ泥のようにドアを開ける。黒の着物を着て、スリッパを履いている。いよいよ入ってくる。女と同じ部屋にいて、東洋人の召使のような態度を取る。静かに、人目を盗むようにもう一つの腰掛を取り、それを持って静かに舞台前へ歩くと、腰掛を女の隣に置く。二人は厳かな静寂の中、隣り合わせに座る。後見2が装置の中に登場する。舞台奥の壁のガラスの引き戸を開けると、花盛りの木を描いた様式的な絵が一枚現われる。静かな歌舞伎の音楽が流れる。後見2は黒い袂から造花を一輪取り出し、繊細な花瓶に挿す。彼はうやうやしく正座し、この淡い色の繊細で物悲しい花を和解の印として、二人の腰掛のあいだの前に置く。そしていかにも東洋の召使らしく、厳かに後ろ歩きで戻る。男は女に向かって手を伸ばす。女はその動作に気づかないようである。男は指先で女の腕を軽く突く。長い溜息をつきながら、女は目を閉じ、男の手に向かって手を伸ばす。二人は手を結び合う。

二人の顔の表情はほぼ同じである。二人の学童が、互いに答えることのできない同じ質問を投げかけられたようである。
そうしてカルシウム色のまぶしい光が溶暗し、やがて……

幕が下りる

第二場

後見2が舞台奥の壁の引き戸を開くと、今度は昇る太陽を表わす赤い丸が現われる。硬質の白いカルシウム色のまぶしい光が再び場にあふれ返る。朝のさまざまな音を真似たひずんだ音楽が流れる——目を覚ました小鳥のさえずりや鶏の鳴き声。

女が突然、乱れたシーツから飛び出す。女は肌と同じ色をしたタイツを着ており、タイツには体の様々な部位が様々な色で詳細に描かれている。女の体は勝利に輝いて生き生きとしている——夜のあいだに女が男をものにし、精神的に疲弊した男の体を征服したことは明らかである。女は、後見2が運んできた縦長の鏡の前で、一種の自己陶酔的な踊りを見せる。自分の腹を、胸を、尻をつかみ、その感触を存分に味わう。ふさわしい音楽が流れる。そして、男にかかっていたしわくちゃのシーツを女が勢いよく剥がすと、肌にぴったりタイツを着た男の体が露わになる。女は勝ち誇ったように満面の笑みを観客に見せ、男のイチジクの葉を指差し、昇る太陽のように目を見開いて輝かせる。ティンパニーの音。男は驚いて起き上がり、女の無情に投げかける視線と差し向けられた指に向き合う。

男　何？

女　何？

男　何か言ったかと思って。（男は恥と悲しみからシーツを引いて体を隠す）

女　だって何を言うの？

男　お互い喧嘩はやめにしないと。疲れ切って、愛し合うこともできなくなる。

女　この前セックスしたとき、終わってからあなた言ったわね、これじゃあ愛を交わしてるのか憎しみを交わしてるのかわからないって。

男　いや、昨夜《ゆうべ》は――

女　昨夜の話はやめましょう。

男　仕事がうまく行けば、セックスもうまく行くんだよ。

女　仕事がうまく行くようになるまで、セックスはやめたほうがいいってことね、あなたの言うとおりなら。仕事がうまく行くようになるまで、スプレーガンを使わなくても。

男は溜息をつき、ベッドから這い出る。東洋人が登場する。

東洋人　みなさんすでにおわかりでしょう、昨夜《ゆうべ》二人のあいだに何があったか――このかわいそうな、中年に差しかかったばかりの男は、肉体と魂の死というものを理解していない、男にできることといえば、せいぜいこうして取り乱したように悪あがきをして、まだ死にかけてはいないのだと自分に対して意地を張り、そのためにこの女と寝ようとすること。最近ではどんなにあがいてもうまく行きません、絵のほうも同じ、最近では、力強い新作を描こうとどんなにあがいても実りはなく、しまいにはいよいよ、最近では、絵筆を捨てて、スプレーガンをカンヴァスに向けるようになってしまった。男は突如、日本人に変わってしまいました。命を絶つ準備ができたのです。やるでしょうきっと、少なくとも試してみるはずだ。まだその考えはありません、今朝のところは、それでも今日は男の人生最後の一日になるかもしれない。二人は黙って身支度をしている、完全に黙って、二人とも自分が何を考え、あるいは感じているのかわかっていませんが、女のほうが確実に力を握っています。冷酷な女と思われるでしょうが、公平な目で見てあげましょう。客観的かつ公平に。女は美しい体をもち、男はそれを心ゆくまで味わってきた――最近までは。そしてたしかに、女には男に対する法的権利がない。しかも男には人間らしい身勝手さがある。それは女もそうですが。そこはお互い様でしょう？　一つだけ明白なのは、女が優位な立場にあり、男はすべての力を奪われているということ。ごらんなさい、男が服を着る様子、女の身支度と比べてください。女のほうは自信にあふれ、自分の身に着けたいものがはっきりわかっている、そうして素早く確実に、動物的なしなやかさをもって身支度している——一方、男は優柔不断。ええ、これは男の人生最後の朝になるでしょう。なのにどうです、男が女を見る目つき、未練がましくちらちらと見つめながら、かすかに勃起しています、この期に及んで、最期の朝に——過去のあらゆる快楽を思い出しているのです、屈服した女の肉体と、その初々しい甘さを。男が日本人になったと言ったのは間違いかもしれない。男の運命が、男の置かれた状況が、日本人のようだと言うべきだったのでしょう。わが国の自殺率は世界一高い。（いくつかの統計をもち出す）——独創的な芸術家のあいだでは特に多く見られます。自殺にかけては天賦の才能が日本人にはあるようです。この男にその才能はありません。今日やることになるでしょうが、有終の美というわけにはいかない。そこに威厳はありません、でもほぼ確実にやるでしょう、女が忘れていればべつです、男が生きていたとして、自分には何の法的権利もないことを——忘れていれば、男を救おうとするはずだ。その兆しは見えません。ええ。女は無慈悲な顔をしている。地中海人種の顔立ちです。これほど完璧な地中海人種の体にはおそらくこういう顔が必要なのでしょう、いかめしいお目付役のような、いや、お目付役より売春宿の女将です。美しい娼婦の体には、無慈悲なまでに飾り気のない女将の顔、肉体の番人、客を斡旋する女、いえ、客と取引する女——その顔にはいくぶん、強盗にピストルを突きつけられておびえる会計係の顔も見え隠れしていた。どういうことかおわかりでしょうか？（背もたれのまっすぐな椅子から立ち上がると、椅子は後見2によって片づけられる）わが国の自殺願望をもった若い作家が一人、台本に登場していれば、うまく説明できたのですが。それでは！

東洋人は一礼し、退場する。男と女は服を着終わっている。

男　昼食はいっしょに取ろう。どこで昼食にする？

女は答えない。化粧をしている。

男　帝国ホテルで昼食にしようか、帝国ホテルの新館で？

女　今日は仕事しないんでしょう？

男　しても、昼はやめる。
女　今日はお昼はいらない。
男　どうして？
女　あなたが太ったたって言うからよ、痩せるためにお昼は抜く。——法的権利がないんだもの、あなたに気に入ってもらえるようにしなくてはね？
男　法的権利のことは忘れてくれないか。二言目にはそれだ、自分には法的権利がないって。
女　だってないんだもの。そうでしょう？
男　十一年もつき合ったんだ。俺に結婚する自由があれば一月目に結婚したろうよ。気の狂った妻との離婚を禁じる法律を俺に変えることができるか？　愛してる女、いっしょに暮らしてる女と結婚するために。
女　いまも昔もわたしはあなたとの結婚を心から望んだことはない。それでも法的権利はほしいの、あなたのために人生を捧げた十一年間の見返りに。自分の人生をもっと充実させることだってできたのよ、自立して、自尊心をもって、すこしは幸せになれたかもしれない。
男　俺たち充実してたじゃないか。十一年間！　お互い思う存分自由に過ごしてきた。でもこの一年、俺はお前には想像もつかないような重圧を感じて、俺たちうまく行かなくなった。このひどい一年のことだけですべてを判断しないでくれ。

女　あなたに何かあればわたしがどうなるか、考えたことある？

男　俺に何かあれば？

女　たとえば自殺、いつもほのめかしてるじゃない？

男　俺はべつに——だったら——喜んで——俺の新作を全部お前に譲ってやる、遺言書に書く、新作は全部譲るって！　弁護士に電話して、ここに呼んで、法的な文書に書いてやる、いますぐ、今日！——作品を全部譲ってやる、買い手がついてないものみんな。

女　ありがたいわ。——どれ一つ価値がなかったら？

男　価値がないと思ってるのか？

女　いいえ、あなたはどう思うの？

男　たぶん俺は——新しい境地を拓いてる、俺は——新しい境地を、俺は——

女　（冷淡に）屁理屈だわ。

男はなすすべもなく女を見つめ、女は電話の伝言が書かれた紙を受け取る——後見2はそれを茶碗の受け皿に載せ、一礼して差し出す。

男　俺に？

女　わたしに。（化粧を続ける。一人の後見がまた受け皿に数枚の伝言を載せ、早足でやってくる）

男　俺に？

女　わたしに。

男　三枚とも？

女　いいえ、四枚よ。（化粧を終えている。出かけようとする）

男　どこへ行く？

女　（冷淡に背を向けたまま答え）下でお茶を頂くの。

男　戻ってくるんだ、一日じゅう一人にしないでくれ！

女　お茶を飲んだら銀座へ出かける。

男　（女の背中に向かって大声で）帝国ホテルで待ち合わせよう、昼食に。

女は舞台の外にいる。返事はよく聞こえないが、否定的なものではない。

男　え？　何だって？

返事はない。男は足を引きずるように、女が丸めた紙を落とした場所へ戻る。紙を拾っては開き、またくしゃくしゃに丸めて落としていく。後見2が舞台奥の引き戸を開けると、グロテスクなまでに壮麗な悲劇の線描画が現われる。東洋人は、地謡として、目立たないよう登場しており、告げ知らせる――

東洋人　悲劇の詩人――自己憐憫！　自虐の仮面……。醜悪でしょう？　滑稽です！　黒い瞳で冷徹に見つめるわれわれの前で立派なものごとを成し遂げるには、男はここで立ち上がらねばなりません。

男はよろよろと立ち上がる。

東洋人　立ち上がりました、肉体は。

男はすすり泣く。

東洋人　精神は打ちひしがれたままです。わが国の歴史、わが国の文化は、われわれに深く植えつけてきました、精神的に打ちひしがれた者に対する軽蔑を。いくら敗戦国とはいえ、自殺率が世界一高いとはいえ、われわれが打ちひしがれていたのは外面上のことでした。わが国の芸術、文化は硬く屹立し、猛烈な残酷さを誇りとしています。おそらくこの芝居が描くのは、自己破壊の形が東洋と西洋でどう異なるかということです。われわれは自己破壊を威厳あるものと考えています。ロマンチックな理由でなく、実際的な理由によって行われるものと。第二次世界大戦における神風特攻隊は？　彼らには誇りがありました、自虐などなかった！——しかも実用的でした。必要だった。オリエントとは立ち上がることを意味します、東洋は日が昇る場所なのです。見よ、われわれは立ち上がる！　国旗を見れば、われわれがそう信じていることがわかるでしょう……。失礼します。もうすこし続きがありますので。

東洋人は袖に下がる。男を照らす照明が明るくなる。

男　どこだ、どこへ行ったんだ、イメージは、ヴィジョンは？

一人の後見が再び引き戸を開くと、小鳥たちの舞いをあしらった抽象的な意匠が現われる。

男　——みんな言うじゃないか、待てば戻ってくると。——いつか、何かが、誰かが、俺の中の何かを壊した、壊れた部分を直そうと俺は——どうした？——虚勢を張って——どうした？——なりふりかまわず虚勢を張って、ありもしない誇りを振りかざした、どうにか酒とクスリの力で——そうやって作品を——生み出した——生み出そうとした。そしたら俺はどうなった？　画家が、いまや、スプレーガンを手にしてる。

一人の後見がスプレーガンを持って彼のもとに駆けつける。

男　カネで医者から買った知恵と親切心はこうささやく、休め、休め！——帰ってくる、みんな帰ってくるはずだ、ヴィジョンやイメージ、そしてもっとまともなものを使ってカンヴァスに描く力は、この——（一人の後見からスプレーガンを受け取る）——スプレーガンじゃなく……（両手で激しく頭の両側を叩き）イメージよ！——帰れ！（あちこちを向きながら、狂気じみた笑い声を上げ、失われたヴィジョンを呼び戻そうと、犬を呼ぶように口笛を吹く）今日ならやれるはずだ、本当にやれるはずだ！

この台詞で一人の後見が小さなテーブルを運んで駆けつける。テーブルの上には大きな茶色の瓶とタンブラー。舞台の外から単調な声が響く――「ライ！――ソール！」

男

運は尽き、光は消える――ろうそくもない、マッチもない。――そのときは？　このままとぼとぼ進むのか、毎日、朝も昼も夜も？――いいや、きっとやれるはずだ、今度こそ！　いまやらないと、いますぐに、いましかない！

男はテーブルに駆け寄り、瓶のライソールを飲み干す。男の口、喉、胃の中を炎が駆け抜ける。男は息を詰まらせ、しゃがみ込む。一人の後見が紐を強く引くと、天井から薄紙が解放する。そこには「女」の美しい裸体の線描画が描かれている。薄紙は男の前に垂れ下がる。打楽器の音楽。しばらくして、男は薄紙を破ってよろよろと出てくる。即座に後見は薄紙をもう一枚解放する。そこには「女」の体がさらに大きく投影されている。男は二枚目の紙を打ち破る。すると後見は、また大きな一枚の四角い薄紙を解放する。そこには「女」の体が本人の三倍の大きさで描かれている。

打楽器の音楽に管楽器が加わって盛り上がり、グロテスクなまでに軽やか、かつ冷笑的になる。

もうしばらく経つと、男は三枚目の絵を打ち破る。そうしながら、すでに瀕死である。口に片手をあてて叫びを抑え、歯のあいだからは血がにじみ出ている。打楽器はさらに盛り上がっていく。男はくずおれて膝をつき、いよいよ叫びを上げようとするが、すでに息はない。倒れこむ——死ぬ。

突如、静けさ。

丸い光が舞台前の小さなテーブルを照らし、そこに女が席を取っている。女は最初、比較にならないほど冷静で、自分自身と周囲の空気をしっかりつかまえているが、その印象もやがて、次の内的独白によって消え去る。独白は季節風の柔らかな音に伴われている。女は銀座通りのバーにいる——通りは鮮やかな色で表意文字が書かれた幟《のぼり》を並べて表現される。鋭い風に幟がはためき、パタパタという音が女の内的告白の合間に聞こえる。

女　落ち着かない！　神経の末端がじんじんする！　体が火照る！　つは。凹には凸が必要だわ、飢えた口には餌が必要なように。

季節風が強くなる――画仙紙の幟が激しくはためく。

女　んんんん。（足をしっかり閉じて組む）ほしいのね、むさぼりたいのね、必要なのね、この体の奥まで！（片方の白い手袋をめくりながら、手首を見て）頭の狂った見張り役は、今日はまだ銀座通りに来ない。いつもなら通りに現われるころだけど――覚束ない足取りであたふたと追っかけてくる、青白く燃える獰猛な目、炎の中心と同じ色、ゴート族の目、フン族の目――打ち砕かれたアッティラ大王。――わたしがあの人を打ち砕いたの？そうかもしれない。あの人がわたしを打ち砕いたように。わたしたちお互いを救うことができず、お互い怒りをぶつけ合った……馬鹿ね！わたしみたいな血統の女はそう簡単には打ち砕かれない。火山の島に生まれた民族、その血は炎のように熱い、まるでわたしの満たされない――（間。手袋をした片手をゆっくり股間に置く）――おかげでわたしはまだ無傷、あの人が粉々に砕けても……（足を反対側に組み直す。再び股間に触れる）なのにこんなところで一人きり、行きずりの愛人たちから四件も誘いの電話があったのに――「あの男」の代わりにわたしが使った男たち、ここをなだめるために――（股間から一度手を離し、再び力強く置く）考えてあげてもいいんだけど――降伏じゃなくて――休戦を……

あの人わたしを捜してるの、それともわたしがあの人を待ってるの？　一人きり、銀座通りのバーに座って待つつもり、あの人がわたしを見つけるまで、それともわたしのほうから偶然を装って、あの人とばったり会うまで、不機嫌そうに驚いた顔をつくってみせて？——愛が何かを求めるってことなら、そうじゃなければ何だというの、だとしたら、わたしのほうが愛してるってことじゃない？　あの人には仕事がある、たとえ頭がいかれてしまって、あんなふうにスプレーガンで描くようになっても、そしてわたしには、わたしに何があるというの、あの人から何を手に入れたというの、わたしに要求や命令ばかりする男から——わたしは自分のすべてを与えているというのに、あの人の残りかすの半分をもらった見返りに？　そのうえ法的権利もないのよ、あの人が生きていようが死んでしまおうが？——でもわたしはあの人がこわいんじゃない、心配なの。たぶんわたし——愛してるんだわ、「あの男」を……

幟が再び激しくはためく。女はしっかり目を閉じ、そしてかっと見開く。

女

——あの表意文字！　単純な絵柄を文字にした言葉……。わたしを表意文字で表わせば裸で吊るされた物体、そう、色つきのインキで描いた裸体の線描画よ、輪郭は冷たい色だ

けど、ここの色はちがう——それからここも……（手袋をした両手で乳房と股間に触れる）
——あぁ、さすがに必要だわ——

熱々の茶をカップに注ぐ。一人の後見が登場し、大きな紙のケシの花をもってテーブルの脇に立つと、女は漆塗りの箱を開け、中からケシの丸薬を取り出して茶の中に落とす。

女　——鎮静剤、この種から抽出したものよ——（自分の上に吊るされた大きな紙のケシの花を指す。後見2はケシを持って退場する）——んんん。ここの人たちは時間を月で表わすの。毎月毎月が何かしらの月。——そしてわたしは豊穣の月を迎えてる。あぁ、冷淡を装ってみせても、実を結ばない空っぽなここは——（腹部全体に曲線を描くようにまさぐり、そして震える指でタバコに火をつけ、ティーカップを持つ）——燃えてるの、わたしの中で密かに燃えてる！　この血の熱さは——わたしの血管を燃やしているのは——火山の溶岩流——種をつけていない豊穣の肉体！　種をつけてはいけないの——あの気ちがい男、いつわたしを捨てて、ぺこぺこへつらうちっちゃなジャップの娼婦を選ぶかわからないもの、娼婦を選ぶか、それか——死を選ぶか、いまだってそう。あぁ！　わたしに法的権利がないのはあの人の妻が気ちがい病院にいるからよ、あの人のせいで狂ったんだわ……わたしにあるものといえば、自分を人目にさらして過ごす暇な時間、行きずりで寝た男たちがもう一度わたしをものにしようとかけてくる電話。（電話の伝言の紙を丸めて放り投げる）それからヴァギナに差し込んだ、あの小さなプラスチックの避妊具。――取り出して、「あの男」の子を身ごもればいいじゃない？　そうすればせめて法的に有利な立場に立てるし――わたしの体も空っぽじゃなくなる、あの人の子を身ごもって、そしたらこのお乳も……んんん、いいじゃない！　取り出すわ、いますぐに、そうして今日の午後か今晩、わたしが巧みに取り上げてやった男の力を返してあげる、この体の中に種をつけてもらうのよ、お腹の中に気ちがい男の子種を宿すの。――ウェイターさん！　お勘定！　帰ります。

女は黒い瞳を輝かせながら立ち上がる。鮮やかな表意文字の幟が季節風にはためくとともに――スポットライトが溶暗し、幟は上へ上がる。前舞台エリアの奥に、もう一つのエリアが照らし出される。東洋人が男の息絶えた体を見下ろすように立つ。歌舞伎の音楽が流れる。

東洋人　男が死ぬ日は一年のほかの日と何も変わりません。風が強く、灰色に霞んでいるとしたら、季節風のせいです。黄色い蝶々がいちばんたくさん舞う日だとしたら、まあ、それはたまたまそんな日だったのです、男の死とは関係ない、当然です、ほかにも大勢の男が生まれ、大勢の男が生き長らえる一日なのです。男の死とその弔い方は土地によって異なります。いつでもどこでも慌ただしいものに思われませんか、気まずい別れのような。**われわれは**死を知り尽くしています、死はいわば Spécialité de la patrie《祖国の名物》です……それでいて真剣に問うことができる――生に死の入り込む余地はあるのか？（鋭く陽気さのない笑いを発して舞台奥へ行き、引き戸を開けると、様式化された葬儀の花環の線描画が現われる）大したことはない、でしょう？　天地がひっくり返るほどのものじゃない。この程度です。しかしまたこう問うこともできるでしょう――死に生の入り込む余地はあるのか？　んんん。どちらも互いに大きすぎて、大きさが足りず――（顔をしかめ、声は何を言えばいいのかためらう）――一方が他方を呑み込むことも――一方が他方に呑み込まれることもありません……んんん。――こんなことは東洋人が関心をもつことがら、問題、概念ではありません――少なくとも、こうした概念や問題は、東洋人があえて表現しようと思うものではない。死はそれほど身近なものなのです……（引き戸を閉めると花環は見えなくなる）――なぜこれだけなのか？　引き戸を開けても、べつのイメージが現われることがないのはなぜか？　音楽は西洋に近づいてしまった、もはやわれわれの音楽ではない。引き戸の後ろにべつのイメージが現われてもおかしくありません。それはわれわれのイメージではない。威厳に欠けた、ロマンチックなものかもしれない。われわれは真実を花でなく、岩だと思っているのです——花だとしても、せめて岩から生えていると——その真実を冒涜する危険を冒しますか？　それともやめておきますか？　イエス？　それともノー？　イエス？　ノー？（舞台奥の引き戸へ行き、答えを待っているようである。そして答えを聞いたかのように一礼する。引き戸を開けると、澄み切った朝の空が現われる）——朝の空、たなびく一片の白い雲。実は不安に思っていました——何が不安だったのか、復活を表わすユリの花が現われるかと思ったのです——でもこれはまさに男が死ぬ日の空でしかない——神の御顔のように穏やか、人間の情欲には無関心、一枚の仮面、澄み渡る空、そこにたなびく一片の薄雲——荘厳、偉大、純潔。その後ろには何があるのか？　見てみましょう。（まるでドアをノックするように、空のイメージを拳で上品に叩く）返事はなし——もっと強く？　いいでしょう、もっと強く叩いてみます。（強く、さらに強く叩いていくが、何も変わらない）——東洋的なタッチで、われわれはこのイメージを決してドンドン叩いたりしません……

舞台は暗くなり、空の穏やかな投影だけがはっきり見える。

東洋人　われわれはこのイメージのもとで生きて死にます、あたかも理解しているかのように――スプレーガンで絵は描きませんし、字も書きません。われわれはこの空の下、水に囲まれて暮らしています、島国の人間、地中海人種よりも無口な島国の民族です。しかしわれわれにとって自殺はとても身近です、地中海人種とはちがいます。

女が明るいエリアに入る。男の自殺を知らされているが、まさか本当にやるとは思っていなかった。畏敬の念を呼び起こすような宗教的な現象の前では地中海沿岸の百姓のようである。愛する者を悼む愛情というプロテスタントで北方的な概念よりも、恐怖に近いが、どこか心を打つものがあり、また威厳もある。女は遺体のそばで形ばかりの嘆きを見せる――哀悼を表わす形ばかりの所作であり、女がいまも法的権利について考えているかどうかは暗示しないのがよい。何しろ観客は決して知ることがないのである。

東洋人　女をごらんなさい。彼女は愛人の亡骸を――芸術家の亡骸を尻目に、それでも涙を流しながら立ち上がり、鏡に向かって化粧をしている。電話が鳴っています。世間が女の心に近づこうとしています、でも女の心は決して男を裏切らない。この瞬間、女には飾るところがなく嘘偽りもない。とはいえこのイメージの前で決してこうべを垂れることはありません、わたしがこうべを垂れようとしても。

この筆舌に尽くしがたく、無関心なまでに純粋な空のイメージの前に、東洋人はかしこまってひざまずく。と同時にすべて溶暗。

幕

緑の目
——見るものなんか何もない

Green Eyes
or No Sight Would Be Worth Seeing

登場人物

若い男

若い女

ウェイター

若い男と女、およそ二十歳、ニューオーリンズのホテルの一室でダブルベッドから起きようとしている。二人とも南部の田舎出身で、このフレンチクオーターのホテルでハネムーンを過ごしている。部屋の中は銀色がかった薄暗さ、川霧が流れ込んできたようである。男は下着を穿いて寝ていたが、女のほうは全裸で、体のあちこちに目立った擦り傷がある。

若い女 起きる。

若い男 俺も。

若い女 朝食頼んで。（彼は提案を無視する）ねぇ、朝食頼んでよ。

若い男 お前が頼めよ。

若い女 わかった。あたしが頼む。あんたはそこに座ってタバコでも吸って——（受話器を取る）——ルームサービスを。ミセス・クロード・ダンフィです。昨日チェックインしたもんです、朝食お願いします。あたしは半熟卵二個に、目玉焼きじゃない、ゆで卵、コーヒーにバタートースト二枚。クロード？　何ほしい？

若い男 どういうわけか教えてほしいね。

若い女　コンチネンタル？　それ何入ってるの？　――え？　コワッソーンって何？　――黒人のボーイはいないわけ？　卵二個ぐらい買いに走らせりゃいいでしょ？　今日はこれからニューオーリンズの街を見に出かけるんだから、たっぷり朝食がいるの。うん。とにかく、そのコンチネンタル・ブレックファストっての二人分さっさと持ってきて。（電話を切る）あの異常性愛者のボーイ、卵買いにいかせないって。――どいて、あたしのパンティが。

若い男　どういうわけか教えてほしぃね。その体の歯形や引っ掻き傷、山猫とベッドに入ったみたいだ。

若い女　あんたがぎゅうぎゅう抱きついて噛んだの、昨夜《ゆうべ》寝ながら。

若い男　俺は寝てない。昨夜はお前またいで、壁向いて横になっただけだ。

若い女　じゃどうしてこんな傷ができたの？

若い男　だからどういうわけか教えろって。

若い女　あんた朝方酔っぱらって帰ってきて、あたしを噛んで引っ掻いた、そういうわけよ。

若い男　そんなわけない。そんな嘘は通用しねぇ。

若い女　よくいるじゃない、あんたは寝ながら悪さするやつなの。

若い男　だから、俺は寝てねぇ。

若い女　酔っぱらった男は寝てるも同然。記憶はなし。——タバコちょうだい。

若い男　吸えよ。そっちにある。

彼女はナイトテーブルの上にあるパックから一本取り出す。

若い女　火つけて。

若い男　自分でつけろ。甘えてると何にもできなくなっちまう。あと五日で俺は泥沼へ戻るんだ。

若い女　あんたそればっかり、「泥沼へ戻るんだ、泥沼へ戻るんだ。」

若い男　で、どういうわけ？

若い女　あんたが泥沼に戻る理由？

若い男　ちがう。その体の歯形や引っ掻き傷の。

若い女　あんた相当セックスに飢えてたんだね。あたしが、痛い、痛いって言ってもやめないんだから。

若い男　嘘言うな馬鹿。

若い女　そう、どうせ嘘つきですから話したってしょうがない。服着て、ルームサービスが来ちゃう。

若い男　どういうわけか言えって、昨夜ここで何があった？

若い女　一度言ったら二度と言わない、どうせ記憶力ゼロなんだから。

若い男　はぁん。言わねぇってわけか。

若い女はすでにレーヨンの部屋着を着ている。若い男は下着のままベッドの端に腰かけ、ぶすっと考え込んでいる。

若い男　大した神経だ、亭主がいつ帰ってきたかもわからないなんて。

若い女　クロード、何の話かわからない。

若い男　何の話かよぉくわかってんだろ。

若い女　いゝ、いゝ、いゝ、わからないわよ！！！

若い男　はん、馬鹿な亭主が悪いってか。（タバコを揉み消し、もう一本に火をつける）

若い女　遅い。

若い男　何が？

若い女　ルームサービス。

若い男　急がせろよ。
若い女　無理よ、遅ぃルームサービスなんだから。
若い男　このアマぶん殴ってやりてぇ。
若い女　放っといてください。
若い男　いつか男にぶん殴られて——
若い女　その男はあんたじゃないけどね。——どうせ泥沼でも逃げてばっかり。
若い男　窓んとこで何してる？
若い女　あんたも見てみなよ！
若い男　何を？
若い女　あの中年カップル、庭のあそこ。
若い男　庭じゃない、パティオだよ。
若い女　そう、パティオに座って朝食とってる、雨ん中。
若い男　雨じゃない、川の霧だよ。
若い女　はいはい、庭じゃなくてパティオ、雨じゃなくて川の霧、とにかくあそこであたしが
　パンとコーヒー頂いてる姿、あんた見たいとも思わないんだ。
若い男　うるせえな。

若い女　今朝はずいぶんあまのじゃくね。

若い男　ああいう中年カップルにはあれが精一杯だ、あの歳で楽しいことなんてさ。親戚や友達に絵葉書送るんだ、「ニューオーリンズにいます。今朝はフレンチクオーターにあるホテルのパティオで朝食を頂きました」とか書いて。

若い女　そんなことしか絵葉書に書けないなら、わざわざ書いて送ろうなんて思わない。

若い男　どうせそれ以上のことなんてお前には書けねぇよ、でも送る相手はちゃんと選べ。だいたいお前の絵葉書なんて郵便局が預ってくれるかどうかも怪しい、分厚い封筒に入れとけよ。（手を伸ばし、彼女の尻を触る）

若い女　まだこの体を味わいたいと思ってるんだ。

若い男　味わおうにも順番待ちらしい。

若い女　あんた今朝は虫の居所が悪いのよ。

若い男　俺は虫も何も飼ってねぇよ。

若い女　あのカップル、よぼよぼの犬連れてきてる、犬はそっぽ向いてるね。

若い男　じっとしてろ。

若い女　夜しか男に触られたくないの。

若い男　結婚相手の男なら、いつでも好きなときに触っていいだろ。

若い女　触るのはいい、でも引っ掻いたり噛んだりしないで。
若い男　――じっとしろって。ビロードだ。こんな肌して――
若い女　クロード、あたしをいつでも自分のものにできると思ったら大間違いよ、昼だろうと夜だろうと。
若い男　昨夜は俺のものじゃなかった。
若い女　そう、あんたあたしを放ったらかしてバーボン・ストリートで酔っぱらってた。
若い男　――頭から追い出せないことがあって……
若い女　男ならどっちか選ぶのね、酒か――
若い男　わめき散らす女子供を撃ち殺せって命令された、俺はやった、やったんだ！
若い女　――だって命令なんだから、兵隊は命令に従うもの、でしょ？　それに――
若い男　それに？
若い女　――相手は動物みたいなもんよ、たかが――たかが土人じゃない？　人間より下の？ちがう？
若い男　ちがうよ、ちがう、何言ってんだ、人間だよ、お前よりよっぽど人間らしい、やつらを撃ち殺した俺よりよっぽど人間らしいよ！
若い女　命令なんだから。

若い男　お前にできんのか？

若い女　命令だったら。

若い男　だったら五日間泥沼へ戻って俺の代わりをやってこい！　俺は——

若い女　命令されたらね。

若い男　されるわけない。——ベッドに戻れよ。

若い女　朝食まだ来ないし、今晩まで待って。

若い男　やめろよ、そうやって窓のところで背向けて、顔も見たくねぇってことか。

若い女　見たくないわけないでしょ、クロード。顔も見たくない男と結婚なんかすると思う？

若い男　だったら、愛してやろうってのに、何でそんなとこ突っ立って外眺めてる？

若い女　メロンの熟れ具合確かめるみたいに触るのは愛してやるっていうのとはちがうよ、クロード。あ、あ。あはっ。カップルが席を立った、川の霧に包まれたパティオで、いま。

若い男　誰が？　何？

若い女　二人よ。あそこ。

若い男　早く五日経たねぇかな、もう帰りたい。

若い女　は？　——ああぁ！……おばさんとよぼよぼの犬が中に入ってく。おじさんずるっと滑って、レンガの床に転けちゃった。おばさん振り返りもしない、卒中かもしれないのに

――よぼよぼの犬がおじさんに向かって吠えてるわ。――あたしたちさすがにあんな夫婦じゃないよね。

若い男　褒められた夫婦じゃないけどな、俺に言わせりゃ。

若い女　あたしに言わせても。

若い男　ベッドに戻ろうぜ。

若い女　朝食が来るのを待って、それから街を見に行くんでしょ？　そのつもりだけどあたし。

若い男　昨夜ひどい頭痛がするって言ってたろ、治ったのか、まだ痛むのか？

若い女　アスピリン二錠飲んだ。

若い男　じゃよくなった。そういうわけだ？

若い女　あのとんでもない頭痛は昨夜バーボン・ストリートのやかましくて下品な店をはしごさせられたからよ。夜中の二時には耐えらんなくなって一人歩いて帰ったの。

若い男　ここまでたったの二ブロックだ、ちゃんと灯りもついてる。

若い女　若い女が一人であんな通りにいたら立ちんぼと間違われちゃう。

若い男　正しい間違いってのもある。

若い女　むかつくわね。

若い男　むかつくなら黙っとけ。

若い女　ますますむかつく。
若い男　だったらなおさら黙っとけ。
若い女　今日は一人で街見に行こうかな。
若い男　立ちんぼと間違われてもいいんだ?
若い女　一人で庭園地区《ガーデン・ディストリクト》を見て回っても、あなたのおっしゃった間違いをする人などおりませんわ。
若い男　一人で見て回るって言うなら、俺は反対しない。
若い女　一人で見て回る、さんざん侮辱されたんだもん、だから五ドルちょうだい。
若い男　誰がやるかクソ女。
若い女　あたしにそんな口きかないで。あたしにそんな口きいていい人間はいないんだから、どうしても五ドル出さないって言うなら、あたしこのホテルのデスクへ行って、街を見にいくから五ドルくれって言って、勘定につけといてもらう。
若い男　デスクに電話しといてやるよ、お前が街見にいくから十セント渡せって。
若い女　そう。じゃそうして。
若い男　ああ。そうしてやる。
若い女　あたしリヴァー・ベイの実家に電話して、結婚はやっぱり間違いだったたって言う。

若い男　「早くお帰り」とは言われねぇよ。
若い女　うかつな結婚っていうのはこういうのを言うんだね。一つ教えてあげようか？
若い男　何？
若い女　――べつに。
若い男　街見に行けよ。ここには酒があるし、俺は行かなくていい。天気もぱっとしないし、泥沼から休暇で戻ってきた野郎を呼び出したっていいかもな。
若い女　赤い血をたぎらせた若い男なら国のために泥沼で戦うことを名誉に思うもんでしょ。
若い男　俺の血の色見たことも泥沼に行ったこともことないくせに。
若い女　あたしに尊敬されなくなるよ、泥沼泥沼って文句ばっかり垂れてると。
若い男　尊敬なんかしてないだろ、はじめっから。
若い女　尊敬できない男と結婚なんかすると思う？
若い男　泥沼へ戻んなきゃって言うのは文句じゃなくて事実だ。
若い女　どうでもいいのはお見通しよ。
若い男　どうでもいいなんてどころじゃない。
若い女　何、だったら？
若い男　うんざりなんだ、嫌気が差してる。

若い女　――あんたの軍隊の給料、どうやってもらったらいいの、クロード？
若い男　お前はもらえない。
若い女　養うつもりないってこと？
若い男　基本的に俺の軍隊の給料はみんなお袋に入る、親父が入院してるから。
若い女　そういうショッキングな情報は結婚前に伝えるもんよ、後じゃなくて。
若い男　ま、そういうことさ。俺も訊きたいことがある。
若い女　訊けば。
若い男　昨夜お前にハメたのは誰だ？
若い女　結婚相手の女に何てこと訊くの。答えるもんか胸クソ悪い。
若い男　今朝ションベンしにトイレ入ったらゴムがあった。
若い女　何疑ってんの、あたしが――
若い男　疑うも何も、事実だってわかってる。
若い女　あんたのその状態でこの世の事実がわかるわけないでしょ。
若い男　トイレにゴムがあるのを見たんだよ、ミス新婚さん。
若い女　ミスター新婚さん、あんたは昨夜酔っぱらってありもしないものを見た、それをあたしのせいにするんだ。

若い男　ちょっと待てよ。

若い女　そっちこそよ。

若い男　お前こそどういう神経で――

若い女　おかげでまだ足が痛む――

若い男　俺を置き去りにして――

若い女　最高のハネムーンよ！　お互い相手のことを何にも――

若い男　俺をあんな場所に――

若い女　夜中の二時よ。くたくただったの。まともな女と結婚できたこと、運命の星に感謝するんだね。

台詞は重なり合う。

若い男　誰が感謝なんか。「ねぇクロード」、お前言ったよな、「あたしひどい頭痛がする。もう帰る、おやすみ」って。――俺にキスした。

若い女　クロード、トイレにゴムがあったなら、持って入ったのはあんたよ。

若い男　じゃ見るか？　まだトイレにある。俺はバルコニーに出てってションベンしたんだ、そのコンドームお前に見せようと思って。(彼女の手首を掴む) 来いよ、見てみろ、どういうわけであそこにあるか言ってみろ。

若い女　引っ張らないで。

若い男　だから見てみろって。

若い女　その手離さないと、なんかで殴りつけてやる。

若い男　聞けよ、ミス新婚さん、俺を殴りつけたりしたら一生後悔することになるんだ。(放してやる)

若い女　袖が破けた――昨夜何があったか知ってるわよ。あんたあそこのストリッパーとやったままゴムを外さなかったの。

若い男　俺はストリッパーなんか引っかけねぇ。

若い女　その口から嘘が腐臭を放ってるわ。あんたはストリッパー引っかけて、関係もって、そのままゴムを外さなかった――

若い男　わざわざ売女とやったりしねぇ、泥沼でもだ。

若い女　――ゴムの謎はこれで解けた。

若い男　おい黙れ。ウェイターが来る。

若い女　今朝はやっぱり半熟卵二個にバタートースト頂かないと。

黒人のウェイターがドアを叩く。

若い男　どうぞ。

若い女　バスルームでメイクしてくる、街を見に出かけるんだから。

ウェイター　（登場し）どちらに置きましょう？

若い男　そのテーブル以外置くとこないだろ。

若い女　（バスルームから顔を突き出し）入ってる？

ウェイター　失礼致します。（出ていく）

若い女　ねぇ、入ってる？

若い男　何が？

若い女　あたしの半熟卵。

若い男　半熟卵は途中で盆から落ちたってさ。

若い女　そのコンチネンタル・ブレックファストって何入ってるの？

若い男　出てきて見ろよ。

若い女　（バスルームから現われ）コーヒーにフルーツジュース。このひん曲がったパンがコワッソーンってやつ？

若い男　うん、そうだろ。

若い女　ま、これからくり出す元気は出そう。

若い男　そうだな。

若い女はクロワッサンをコーヒーに浸し、夢見心地で食べる。

若い女　んんむ。まあまあね。（間）で、軍隊の給料、あたしもらえないんだ？

若い男　そう。お袋に入るんだ、言っただろ。

若い女　そう、言ってたね。——昨夜ほんとは何があったか教えようか？

若い男　あぁ、聞こう。

若い女　こうなったら全部ほんとのことを教えてあげる、どうせあんたあたしを養う気ないんだから。男があとをつけてきたの、あんな男、後にも先にも知らないわ。五回ヤッたのあたしたち。男は緑の目をしてた。

若い男　目が緑なら黒んぼの血が入ってる。

若い女　ぜんぜん黒んぼじゃない、でっかい緑の目をしてた。あたしがバーボン・ストリートからホテルのほうに曲がろうとしたら、声かけてきたの。この手首つかんで、建物のすき間に引っぱり込んで、あたしが叫ぼうとしたら口に手押し当ててきた。もう叫んでも無駄。あんなに大きな手した男っていない、しかも熱い炎みたい。服脱がされる前から服の中まで炎に焼かれた、そうしてやったのが一回目。でも男はそこでやめる気はなかった、あたしもなかった、ぜんぜんない。「たまんねぇ」って男は言った、「どっかに泊まってんのか？」って。あたし答えた、「あたしもたまんない、ええ、泊まってる、二件先のホテルに。」「連れてけよ」って男は言った、「一晩じゅうハメてやるぜ。」「前からはだめ、後ろがいい」、あたしそう言って後ろの入口を教えたの。

若い男　（両拳を握りしめて彼女と向き合い）続きを話してみろ。話が終わるまでにその歯全部へし折ってやる、この淫売が！

若い女　淫売はカネを取るもんよ、あたしはもらってない。

若い男　どうせ病気もらってる、全身ただれちまえ！

若い女　緑の目をしたその男、船を降りてきたばっかりで、海のように穢れがないの、あんたみたいな男が二十人いたってかなわない、三十人、五十人、百人いたって。さっさとしろ、そう言って男はあたしを突き飛ばした。あたしは酔っぱらいみたいに千鳥足でホテルに入って、玄関のホールに倒れると、部屋番号が思い出せなくなった。「お怪我ありませんか」って、デスクにいるあの異常性愛者のボーイが言った。「最高よ、人生で最高の気分。あたし何号室に泊まってた？　早く鍵ちょうだい！」あのでっかい緑の目をした炎みたいな男が中庭のドアから入ってくるまで、永遠みたいに長く思えた。こっちよこっち、上よ、って呼んだら、男は階段を駆け上がって、火だるまのように入ってきた。部屋が燃え上がる勢いで。ほんと、あたし真っ黒焦げにならなかったのは奇跡だわ。

若い男　黒んぼにハメられた売女は真っ黒焦げも同然だ！

若い女　待って、最後まで話をさせて、ぶち切れるのはまだ早い。聞きなさい。男があそこにゴムかぶせようとすると、サイズがきつくて破けたの、あたし「そんなものいらない」って言った。それで男はゴムをトイレに捨てたのよ。

若い男　俺に見つかると思わなかったのか？

若い女　何よ、昨夜ここにいもしなかったくせに、obliva、obliter、消えてた、泥沼に戻ってた！　聞きなさい！　男は奥まで入れようと壁に両足つけて踏ん張ったの、あたしは悲鳴を上げないよう枕噛み締めたんだから！

若い男　もうお前とは終わりだ。

以下の台詞は重なり合う。

若い女　それはこっちの台詞よ！
若い男　（重ねて。彼女の腕をつかみ）この淫売、ほかの男にハメられて――
若い女　この嘘つきの浮気男、自分でしごいて出せばいいのよ――
若い男　それを亭主に自慢するなんて――
若い女　泥沼の穴ん中にね！
若い男　いいや、お前の穴ん中だ！
若い女　お断わりよ！（彼の手を振りほどく）でっかい緑の目をしてた！　だけど今日、貨物船に乗って港を出るの！（泣きじゃくっているが、一息つき）「その船にあたしが乗る場所はないの？」って訊いた、そうよ、お願い、い、い、いしたんだから！
若い男　お願い、い、い、いした、その――？
若い女　そうよ！
若い男　黒んぼに？
若い女　体が二つに裂けるかと思った、あのぶっとい――

彼は彼女をつかむ。

若い女　放して、あんたなんかいてもいなくてもおんなじよ——
若い男　クソ、頼むよ、俺はここにいるんだ、なのにお前は——
若い女　どこに、どこに？　あたし見えない！
若い男　緑の目のせいで？
若い女　そうよ、炎に焼かれて見えなくなった、火をつけられたの、あんたなんかに消せやしないわ！
若い男　ああ、熱くなってる、いまもその火のせいで！
若い女　ええそうよ、いまもめらめら燃えてんのよ！

彼は彼女をつかんだままひざまずいていく。

若い男　（半狂乱で）俺も燃やしてくれ、そうだ、お前は熱い炎だ、燃やしてくれ！
若い女　（泣きじゃくり）いやよ、いや、あたし——行くんだから——見物に！　街を見に！（彼女はしがみつく彼の腕を振りほどこうとするが、もはや逃げられない）
若い男　見るものなんか何もない！

若い女　（くずおれ）そうよ、何にも！――一度緑の目を見たら……

彼は彼女の薄っぺらな部屋着を破る。

即座に暗転。

パレード

——もうすぐ夏の終わり

The Parade

or Approaching the End of a Summer

『パレード――もうすぐ夏の終わり』はシェイクスピア・オン・ザ・ケープにより、二〇〇六年十月一日、第一回プロヴィンスタウン・テネシー・ウィリアムズ演劇祭にて初演された。演出はジェフ・ホール＝フレイヴィンとエリック・パウエル・ホーム、装置はジョージ・ロイドⅢ、衣裳はクレア・ブラウチとスコット・コフィ、照明はミーガン・トレイシー、音響はキャサリン・ホロウィッツ、舞台監督はテッサ・K・ブライが担当した。

出演者は登場順に以下のとおり――

ディック　……………エリオット・イングリング・ユースティス
ドン　…………………ベン・グリースマイヤー
ミリアム　……………ヴァネッサ・ケイ・ウォッシュ
ワンダ　………………ミーガン・バートル
郵便配達夫　…………デイヴィッド・ランドン

一九四〇年八月、マサチューセッツ州プロヴィンスタウン。場面――青色と金色が鮮やかに広がる。砂丘と空と海。ニューイングランドの海岸である。沿岸警備所の白い灯台が舞台上手にそびえ、赤と白の三角旗をたなびかせている。前景に木製のデッキがあり、航空郵便を受け取るのに使われている。

ディック　（デッキを指し）――どう？　完璧なダンスフロア、あとは鏡だね。

ドン　鏡がいる？

ディック　バレエの稽古をするんだよ。絶対いる。

ドン　このデッキって何、どうしてこんな砂丘の真ん中に？

ディック　エアメールの袋を受け取る場所、ヘリコプターが飛んできて、真上から帆布の袋を落とす。昨日ふと見て思いついたんだ、ダンスフロアに使えるって。

ドン　ヘリコプターに気をつけろよ、息子《サン》。

ディック　代わりに見張ってて――どうして僕を「息子《サン》」だなんて？

ドン　息子のように思ってるから……父親がいだく近親相姦願望みたいな。

ディック　やめてよ、そういうオカマっぽいこと。

ドンは苦笑いし、太陽の光に目を細める。

ディック　サンだなんて笑えるよ、子供のころみんなにサニーって呼ばれてたから。
ドン　サンよりサニーのほうがいい、これからはサニーって呼ぼう。いいだろ？
ディック　この髪黄色かったんだ、バターみたいに。
ドン　いまは黄金色、その体と同じ。
ディック　日差しで色があせた。冬は暗い色になるんだけど。
ドン　冬には何もかも暗くなる、でも冬はまだずっと先だよ。
ディック　ワンダのやつ。ここで会うって約束したのに、ポータブルの蓄音機持ってくるって。
ドン　来るよ。サニー、人なんてこっちがいてほしいときにいてほしい場所にいてくれるとはかぎらない。大人ならそれくらいわかってるだろ。
ディック　ドンの芝居、ほんとにニューヨークで上演してもらえるの、それともただの希望的妄想？
ドン　告知見たろ、日曜のタイムズの演劇欄？

ディック　見たよ、シアターギルドが来シーズン上演を検討してる作品に挙がってた、でも検討から上演まではいろいろあるだろうし。

ドン　それはどうかな。

ディック　そうだよ。僕は大人なんだ、それくらいわかってる、七歳下だけどね。でもほんとに上演されてヒットしたら忘れないで、サニーには裕福なパトロンが必要だってこと。

（間）

ドン　「サニー」は「裕福なパトロン」にどんな見返りをくれる？

ディック　そこが問題だね。

ドン　答えがわかってるのは君だけだ、ほかにはいない。

ディック　ニューヨークで去年、裕福なパトロンを五人つかまえることもできたんだ、誰かに囲ってもらいたければ。

ドン　そんなの矛盾してる、いま言ってたじゃないか、芝居が当たったら、サニーにはパトロンが必要だってことを忘れるなって。

ディック　それは冗談、芝居はどうせ当たらない、上演されるかどうかも怪しいし。

ドン　でもされたとして、奇跡的に成功したら――？

ディック　イーストリバーに面したペントハウスのアパートメントと鏡張りの大きな部屋がほ

しい、僕が応えたくないような要求はしないこと。

ドン　どんな要求なら応えてくれる？

ディック　要求は一切受けつけない。ちゃんと聞いてる？　その狂った緑の目で僕のことをいつも見てるくせに、僕の言うことわかってないんだ。

ドン　本気で言ってるならわかる。

ディック　本気で言ってるよ。

ドン　でも君の言うことは意味不明だ——英語しか知らない人間にヒエログリフを読ませるようなもんだよ。

ディック　もう——だから、冗談だって。たとえ芝居が上演されて、大当たりして、イーストリバーに面したペントハウスと鏡張りの大きな部屋が手に入ったとして、その狂った緑の目で見つめられたらこわくなる。誰だってこわくなるよ。

ドン　狂った目つきじゃなくなるよ、さみしくなくなれば。

ディック　ワンダ、ワンダ、どこだよ、ワンダ？　ドン、ちょっとパーカッションやって、手拍子してよ、稽古しなきゃ。

ドンは手拍子をする。

ディック　もっと早く、もうすこしリズミカルに。ウンパッパ、ウンパッパ。わかる？

ドン　何これ？

ディック　オーディション用の振り付けを稽古してる、サイモン・ガッショーのショーに出たくて。

ドン　何のことだかわからないけど。

ディック　サイモン・ガッショーがダンスの全国ツアーの配役をしてるんだよ、僕の得意な踊りなんだ、野性的で勇ましい踊り。

ドン　野生的で——勇ましい——踊りね。

ディック　ニューヨークに帰ったら早速オーディションしてもらう。インディアンの兵士の踊りをやるんだ。それを稽古してるんだよ。

ドン　ミリアムから聞いた、先週ボストンでそいつのオーディション受けたんだって？

ディック　面接だけだよ。いま何やってるか話したんだ。そしたらオーディションしてくれるって。あぁ、セーリングにも誘われたけど、泳ぎは得意じゃないからって答えた、言ってる意味わかってくれたと思うよ。——どこ行くの？

ドンはすでに離れている。ディックは自分でウンパッパとつぶやきながらダンスを続ける。ミリアム――二十六歳くらいの若い女――がデッキのほうへやってくる。

ミリアム　ドンは？

ディック　逃げた。

ミリアム　どうして？　何のために？

ディック　知らない。

ミリアム　あの人の気持ちを傷つけたの？

ディック　べつに。どうして？

ミリアム　ドンは繊細なんだから。

ディック　変わってるよ。

ミリアム　好きじゃないの？

ディック　機嫌がいいときはかまわない。でも最近変だし。

ミリアム　あなたに対して？

ディック　そう。

ミリアム　やっぱり。

ディック　どういう意味？
ミリアム　恋してるのよ。
ディック　僕に？
ミリアム　でしょうね。
ディック　オカマだなんて知らなかった。じゃそうなんだ？
ミリアム　そう。
ディック　ここの夏はオカマだらけ。ちょっと滅入るよ。ワンダ見た？
ミリアム　浜辺ですれちがったわ。潮干狩りしてたけど。
ディック　彼女の蓄音機がいるんだよ。兵士の踊りの振り付けやってて。
ミリアム　それに合うレコード持ってるの彼女？
ディック　あのバルトークの曲、稽古用にいいと思うんだ。
ミリアム　ディック、ドンにやさしくして。
ディック　僕オカマじゃないし。
ミリアム　かもしれない、だけど親切にすることはできる。それくらい差し支えないでしょう。
ディック　どうして女ってそういうのに共感できるわけ？
ミリアム　形はどうあれ愛は愛よ。わたしだって誰かに恋したことはある。望みはなかったけれどね、彼があなたに恋したように。

ディック　女にってこと？

ミリアム　ちがう、そんなわけないでしょ。男にょ。

ディック　そう、それは大変だ。僕にはそういうのめんどくさい。ウンパッパ、ウンパッパ！

ミリアム　浜辺の暮らしにはもう飽き飽き。生きてる実感が湧いてこないの。世界からあまりにも遠くて。新聞も読まないし。ラジオも聞かない。

ディック　そこがいいんだよ、世界から切り離されてる。ウンパッパ。ウンパッパ！

ミリアム　わたしもはじめのうちはよかった。いまはもうたくさん。毎日が似たり寄ったりだもの。まるで金のビーズの首飾りよ。単調な明るさ。引きちぎってばらばらにしてやりたい。

ディック　ウンパッパ！

ミリアム　あなた、自分にダンスの才能があると思ってるの？

ディック　もちろん。じゃなきゃ稽古しないよ。

ミリアム　ないと思うわ。結構うまいし、体もきれい。でも決してものにならないと思うの。あと何年かウンパッパやってるだろうけど、そのうち——スパン！　あっさりやめちゃう！　あとは何にも残らない。

ディック　僕にうらみでもあるの、ミリアム？
ミリアム　あなたってとことん身勝手だし、おそろしく馬鹿でしょ。あの人どうして好きなんだろう。ドンは才能の塊よ。未来があるんだから、あなたみたいなクズのために自分を浪費しなければ。（間）わたしがどう思ってるかわかってるでしょ。
ディック　ううん。何？
ミリアム　あなたも同性愛者だと思ってるの。
ディック　ちがうよ。
ミリアム　ワンダがね、あなたがいっしょに寝てくれないって。
ディック　僕は誰とも寝ないし。
ミリアム　歳は？
ディック　二十二。
ミリアム　じゃ欲望くらいあるでしょう。
ディック　やりたくない。きっと性欲が少ないんだ。
ミリアム　だったら差し支えないはずよ。
ディック　何が？
ミリアム　ドンにやさしくしたって。

ディック　待ってよ。ドンに愛人の斡旋でもしてるわけ？
ミリアム　自分の好きな人たち、わたしが立派だと思ってる人たちが、みじめでいるのを見たくないの。本物の可能性をもった人たちが。
ディック　そう、ほっといて。僕は興味ない。
ミリアム　だってあなたオカマでしょ。
ディック　ちがう。言っとくけど、僕はノーマルだよ。
ミリアム　アヒルの卵だってそうよ。あなたにはドンがいちばんいい。リブラみたいな連中やガッショーみたいな男たちとつるむなんて時間の無駄だわ。思いやりのかけらもない連中よ、あなたのためならどんなことでも犠牲にするって人たちじゃない。あなたを求めて、あなたを奪って、あなたを使って、あなたを捨てて、野良犬どもに返すだけ。しまいにはどうなるかわかってる？　バレエタイツみたいなパンツを履いて、四十二丁目の街角に立つの。
ディック　言っとくけど、僕は完全にノーマルだ。
ミリアム　そう。言ってなさい。わたしは信じないけどね。（行こうとする）
ディック　ウンパッパ！　ねえ、ミリアム！　ワンダに蓄音機持ってくるよう言ってきてよ。
ミリアム　自分で行けば。

ディック　わかったよ。ちぇっ。しかたない。（歩き去る）
ミリアム　（上手のほうへ行って呼び）ドン！　ドン！

ドンが戻ってくる。

ミリアム　ディックはあなたが逃げたって。いったいどうしたの？
ドン　わからない。
ミリアム　何か言われて傷ついたの？
ドン　いや。
ミリアム　もっと打てば響くようなものに興味持ったら？
ドン　それができたらとっくにそうしてるよ。
ミリアム　わたし、今日の午後で最後なの。
ドン　帰るんだ？
ミリアム　ボストン行きの船に乗る。いっしょに帰りましょうよ、ドン。街で誰か見つかるわ。
ドン　僕みたいな人間は欲求不満の塊でいるしかないのかな、ミリアム？　恋から恋へと渡り歩くしかないんだろうか、小さな丸い石が小川をあちこち流されるように？

ミリアム　そう。ほかの石に引っかかって止まるまで、流れの上に顔を出して。
ドン　もう耐えられないよ。自分にほとほとうんざりする。
ミリアム　仕事に打ち込めば、もっといい人間になれるのよ。
ドン　いいや、それはないね。
ミリアム　あいつから離れて、ドン。
ドン　あぁ、そうするよ、いざとなったら。――ミリアム？
ミリアム　何？
ドン　僕って生きてる？　生きてるように見える？
ミリアム　もちろんよ。
ドン　今日みたいに日差しが強いとさ、自分が影のように思える。自分の人生がすっかり影になったような。でも僕生きてるよね？
ミリアム　もちろん生きてる。
ドン　触ってよ！　形がある？
ミリアム　ちゃんとあるわ、ドン。
ドン　ありがと。知らなかった。
ミリアム　あなたの影もある。

ドン　それは安心できる。安心できるはずなんだけど。日差しが体を突き抜けていってるような気がして。欲望って何？　顔とか体を求めるってこと？　どうして人はある種類の肉体のとりこになってしまうんだろう？　どうしてそのことで心が暗くなるんだろう？

ミリアム　熱いものをもってるからよ。それを仕事に注ぎ込むの。

ドン　とっくに注ぎ込んでる、でもまだ満たされない。

ミリアム　だったら愛を返してくれる人を愛して。愛に応えてくれる人に思いを向けるの。

ドン　あぁ、それは難しいね。僕はいままで好きでもない人間と何人も寝てきた、でも恋したとたん──自分って人間を失くしてしまう。自分が消えてしまうような。恋で魅力が増す人もいるけど、僕の場合、冴えない人間になってしまう。もう何時間も前から言うべき言葉が思いつかない。あいつここで踊ってた。僕はリズムを刻んでやった、ワンダの蓄音機がなかったんだ。だからそこの角に座って手拍子を打った、踊るあいつを横目で見ながら間抜けな笑顔浮かべてさ。あいつはひたすら踊ってた。この日差し、目がくらまない？　──今日って何かおかしくないかな？

ミリアム　昨日や一昨日と同じに思えるけど。

ドン　たしかに。ここでは毎日が同じ、来る日も来る日も、だけどそれが積み重なる、石をこつこつ叩くように、おなじ強さで、するとあるときパカッと割れて、ばらばらに砕ける。

ミリアム　石って誰？　あなたのこと？

ドン　うぬぼれかもね。僕なんて、石並みに冴えないやつだけど、石ほどの強さもない。

ミリアム　自分で思ってるよりは強いんじゃない？　砕けたりしないわ。自分から砕けないかぎりはね。

ドン　そうならないためにはどうすればいい？

ミリアム　自分を苦しめるものとは縁を切って。

ドン　無駄だとはっきりわかったらね。奇跡が起きるかもしれないよ。あいつの前で突然言葉が見つかって、思いの丈を打ち明けることになるかもしれない——あいつもふと踊りをやめるかもしれない。

ミリアム　本気でそう思う？

ドン　ううん。（ゆっくり疲れたような笑みを浮かべて振り返り）ううん、まさか。

ミリアム　だったらさっさと帰りなさいよ、お馬鹿さん、これ以上いちゃだめ。午後のボストン行きの船に乗るの。

ドン　だってさ。ずっと空っぽだったんだ。心の穴を何かで埋めなきゃ。

ミリアム　仕事で。

ドン　ちがうよ、ちがう、ちがう、ちがう！　僕は愛がほしいんだ。

ミリアム　だったら愛がもらえるところへ行きなさい。空の井戸に水はないの。
ドン　しょうがないんだ、どうしてもつい。どうして空ってわかるんだよ。
ミリアム　わかるはずよ。自分でそう言ったじゃない。
ドン　今日ってなんかおかしいよ。
ミリアム　どんなふうに?
ドン　きっと僕の人生は後ろにしか広がっていない。毎日毎日が重く感じられるんだ。重くて、しかもぼんやりしてる。とてつもなくぼんやり。たぶん僕は霧の中を旅してきた。でもそれって素晴らしいじゃないか! シャボン玉膨らませたことってある? いや、僕は——僕はすべてを振り返ってみる。一日一日を、一時間一時間を思い出す。そのどれもが満ち足りてはいなかった。みんな何かを待ちわびてた。言ってる意味わかる? みんな一つの方向に顔を向けてたんだ、未来に向かって、まるで——(間)
ミリアム　まるで?
ドン　まるでパレードがやってくるような、これから通り過ぎてくような。そう、ずっとここに立って、あまりにも長く一つの方向を向いて待ってるもんだから、首が回らなくなってしまった、遠くで鳴ってる蒸気オルガンの音は一向に近づいてこない。気のせいかな? 頭の中では見えるんだ。

ミリアム　だったら実際に見る必要はない、頭の中のほうがきれい、幻覚とわかっていればがっかりしなくてもいい。

ドン　いや、だめだ、僕は本物が見たいんだ、肉体で経験したい。いまもこれまでも経験はないけど、僕は経験したかのように語ることができてしまう。象たちはパールの数珠で繋がってる、立派なラクダたちもきれいな装飾をまとってる、紫のベルベットや錦や房飾り、行儀のいい猿たちは真っ赤なシルクのジャケットを着て、金の鈴をぶら下げてる。鈴がチリンチリンと鳴って、トランペットのファンファーレが響き渡る。でも全部僕の頭の中、実際には何一つやってこないし、ますます首は回らなくなる。太った見物人たちが僕の前に来て、視界をさえぎる。僕は割り込む。やつらは文句を言って、僕を押しのける。その一人に踏んづけられた足がいつまでも痛む。

ミリアム　わたしだったらあきらめる。

ドン　そう、それが正しいんだろうな、嘘の知らせが届いたんだ、根も葉もない噂、美しい神話。それかルートが変わったのかも。象が引き手に逆らったのかもしれないし、引き手を踏んづけてしまったのかも、予定になかった交差点で曲がったとき。わかる？　ゆっくりと——のっそりと——美しく堂々たる趣で、あらかじめ決まってたルートを離れ、後ろの行列もあとに続いて、裏の道を通っていった、離れた通りを、音楽がほんとに鳴ってるのかどうかもわからない。

ミリアム　パレードは愛ってこと？

ドン　ほかにある、パレードに例えられるような素敵なものが？

ミリアム　あなたのヴィジョンは？　あなたの仕事は？

ドン　僕の仕事なんて子供のお遊びだよ。

ミリアム　ドン、がっかりしたわ。あなたってもっと——

大きな波の音。ミリアムは目を細めて顔を上げ、太陽がまぶしく輝き、白い雲の漂う青空を見る。

ミリアム　——立派な知性をもった人だと思ってた——

大きな波の音。

ミリアム　——もっと並外れた——

ドンは彼女が浜辺に持ってきた数冊の本を拾い上げる。

ドン　僕はごく並の知性の持ち主だよ、ハニー。こんなの僕には読めないからね、ヘーゲルなんて。僕とヘーゲルのあいだに何のつながりがあるわけ？（デッキに本を放る）カント？　書き出しすら読めないよ、アスピリン二錠をダブルの酒で流し込まなきゃ。マルクス、冗談だろ、こんなの誰が――ミリアム、君って――

ミリアム　わたしって何なの、ドン？　あなたに言わせれば？

ドン　ま、君は君だよ、それが何であれ、それに僕は僕だ、それが何であれ……。

ミリアム　わたしが見たいのはいまのあなたよりあなたの可能性よ。

ドン　だいたい退屈でたまらないよ、可能性だなんて、いかにも感動的な励ましの言葉をかけてくれる連中には。どんな可能性があるわけ？　ほんとクソ食らえだ。

ミリアム　覚えてないの、ここに着いて最初の週、わたしはあなたがここで最初に出会った相手で、あなたもわたしが最初に出会った相手だった、わたしたち――

大きな波の音。

ミリアム　――わたしたち、何度もいっしょに素敵な夜を、静かな夜を過ごしたじゃない、リルケを読んで、それから――（再び目を細めて空を見上げる）

ドン　あのさ、リルケよりもっといいものがある。若い俳優の写真が載った映画雑誌、ディックみたいな俳優が、だってみんなポーズを決めて、メイクもして、明かりも工夫してるんだ。僕にとってはそれが最高の文学だよ、ハニー。あぁ、どんな――

ミリアム　わたしが読むのを何時間も聞いてたじゃない、一瞬たりとも退屈なんかしてなかった。

ドン　あのときはそう、あのときは、けどあれから火がついて、いまじゃあ体の中でおがくずがごうごう燃えてる……

大きな波の音。ドンは目を細め、にらむような目つきで空を見上げる。

ドン　――正直言って、ミリアム、ハニー。ディックのほうがいまの僕よりカントやヘーゲルやマルクスには興味をもつだろうよ、ハニー。

ミリアム　やめて、わたしをハニーだなんて、そんな――

ドン　君が怒るのは、不安に思うのは、ハニー、お互い前は触れる勇気のなかったことを話してるからだ、君は下品で退廃したことだと思ってる。

ミリアム　だからやめて、「ハニー」だなんて！　馬鹿にしないで、あなたのことはわかってるの！　だから**やめて！**

ドン　――もう、ミリアム――

大きな波の音――ふたりは目を細めて空を見上げる。

ドン　――どうしようもない肉体の孤独ってものがあるんだ、肉体を満足させたいっていうどうしようもない思いが、面倒なことにその満足は、この世の若く麗しきナルキッソスたちのご機嫌次第、たとえば――

ミリアム　わかったわ。でもそれだけじゃないでしょう、たとえば――

大きな波の音。

ミリアム　空を翔ける白い馬に憧れてもいい、子供のお遊びもいいじゃない、何か夢中で語ったり紡いだり育んだり……

ドン　だったら愛を紡いだり育んだりすればいい、語ってもいいし。

ミリアム　相手を選んで！　正しい相手を！　──馬鹿だったわたし、虚しい望みをいだくなんて──　わたし、あなたが好きだったのよ。

ドン　僕が「ゲイ」だってわかるまで？

ミリアム　いいのべつに、そんなのすぐわかった、って言うか、ほとんどすぐ、あなたがディックを見つめるのをはじめて見たときには──あなたとはじめて会った日のことよ。あなたの知性とは関係ない。あなたにはもうすこし類い稀な、もうすこし──特別な──何かを持っていてほしいの……

ドン　それは、持ってるよ。

ミリアム　そんなふうには見えないもの、あなたが、あなたが愛と──あのセクシーでハンサムな──白痴に対する欲情を──あなたがいっしょくたにしてるときは！　あんな──（勢いよく立ち上がり、砂を蹴りながら歩き回る）──あなたは特別な何かを持ってるはずでしょう？　類い稀な。

ドン　自分を悲しくてあわれなやつに見せる能力、みんなの前で、どこまでも。

ミリアム　その自己憐憫、ほんと──きりがない、わたしまで病んじゃう、勘弁してよ。どこが「愛」なの？　あいつに何か感じるにしても──

ドン　君も認めたろ、あいつがセクシーでハンサムだって。僕は性欲旺盛な人間なんだ、それが認められないのか？

ミリアム　もっといいところがあると思ってたのよ。

ドン　やめろよ砂蹴るの、風で顔にかかる。ほら、隣に座って。僕だって君を愛してあげられたらどんなにいいか。君に愛してもらうことができたら。

二人は同時に泣き始め、そしてすぐ次の瞬間に笑い始める。

ミリアム　（突然飛び上がり）立って、郵便が来る、袋が頭に落ちてもいいの？

ドン　いい。

ミリアムはドンの手をつかみ、デッキから引き離す。

ミリアム　もっと下がって、狙いが外れることもある。

ヘリコプターのモーター音が遠ざかる。

ドン　郵便じゃなかったよ、ハニー。
ミリアム　ちがうってわかってたの？
ドン　郵便のヘリのプロペラは赤と白と青だから。
ミリアム　見上げもしないのにどうしてわかったの？

ドンは肩をすくめる。

ミリアム　どうでもいいのね？
ドン　この何日か、ますます不安を感じてる、いつまでも一人もがきながら生きてくなんて。
ミリアム　自虐のお祭り、今日のあなたはそれよ、相変わらずだけど……
ドン　ほんと、君の精神分析は――ありきたりだよ……君の家族、分析医にいくら払ってくれてるの？
ミリアム　一分一ドル、一回の診察で五十ドルよ、家族はフロイト派にこだわっててね。わたしはユング派がよかったの、だけどユングはユダヤ人じゃないから。
ドン　普遍的無意識。好きだけどな。それってユングじゃなかったっけ。

ミリアム　芸術家好みね。

ドン　たぶん僕の作品は普遍的無意識から生まれてる、だからあんなにも、わからないけど、普遍的無意識って感じがするんだ、たとえば――何だろう？　普遍的無意識って？――無意識の中にあって？　かつ普遍的なものって？

ミリアム　神の心？

ドン　僕の作品は神の心からは生まれないよ、神も性欲過剰ならべつだけど。

ミリアム　真面目に考えて。わたしの足の砂払うのやめて、ちょっと――ちょっとくすぐったい。

ドン　気持ちいい？

ミリアム　あたしがどう思ってるかわかる、あなたが何を考えてるか？　どうせこうよ、俺に気のあるこのカネ持ち娘を食いものにしてやれ、結婚するんだ。こいつのカネ持ちの家族に養ってもらえばいい、ユダヤ料理を好きになるか、好きになったふりをして、サーモンとクリームチーズのベーグルにかぶりついて、そうしながら、経済的な心配なしにキャリアを積んで、しかもそうしながら情欲に溺れる、世界じゅうの馬鹿男の尻を追っかけて。

ドン　――そんなんじゃないよ。僕はそんなんじゃ。たしかに僕は自己憐憫と自虐の塊かもしれない、君がどう思おうが、誤解しようがかまわない、だけどミミ、僕は人を食いものにはしない、泥棒や嘘つきじゃあるまいし。母と僕がミシシッピから北へ移ったとき、父さんはもうセントルイスにいてね、ミシシッピ担当のセールスマンで優秀だったもんだから、会社は父さんをセントルイス支店の販売部長にしたんだ。で、父さんはセントルイスのユニオン駅まで迎えにきてくれた。駅のそばに果物屋の屋台があってさ。僕は通りすがりにブドウを一粒盗んだ。そしたら父さん、その手を強く引っぱたいた、しばらくひりひり痛むくらい、「今度盗みを働くとこを見つけたら、ただじゃおかないぞ！」って。たかがブドウ一粒で！　――それから父さん、僕に嘘をつくなって言った、自分も嘘をつかなかったから。――嘘をつかない、盗みをしない……。

ミリアム　紳士の美徳よ、昔の南部の。

ドン　昔かたぎだけど山奥の人間だよ、品のいい農園主とはちがう。

ミリアム　悪かったわね、わたしの人種は二枚舌三枚舌を使わないと生き延びられなかったのよ。

ドン　必要なものは必要なんだ、謝ることない。

ミリアム　（冷淡に）ええ。――そうね。

ドン　座りなよ。

ミリアムは座る。

ドン　――もっとそばに――寒いんだ。――君のそのなめらかな肌――日差しの温もりを放射してる。この夏は詩をいくつも書いたんだ。僕の女の代理人に一束送った。そしたら送り返してきてね。「申し訳ないけど、うちでは詩は扱ってない」って。（間）

純情と欲情は
名前のちがう二つだけれど
一つの炎の中で溶け合い
一つの鋼となって現われる

ミリアム　――あなたの詩、もうちょっとうまかったらいいのに、ドン。

ドン　（苦笑いして）同感。

ミリアム　（ドンの肩に頭をもたせかけ）気に入らないってわけじゃない、もうちょっとうまかったらなって思うの。キーツやリルケやクレインほどじゃなくていい、ただ――

ドン　もうすこしうまかったらなって。僕もそう思ってるとは思わないんだ？　ミリアム？

ミリアム　愛してるの。あなたにすごく同情してる。

ドン　馬鹿にしてるよ、僕が君を「ハニー」って呼ぶのとおなじくらい。

ミリアム　そう、じゃ「ハニー」って呼んで。

ドン　いいや。君はまた僕の気持ちを傷つけた。僕の詩がもっとうまかったらなんて、自分で思うのはかまわない、でも他人が思うのはおかしいし、そんなこと言われる筋合いはない。（ほくそ笑んで空を見上げ、そしてミリアムを見る。そして彼女の象牙色のなめらかな肩にだらりと垂れた長い黒髪を撫でる）紐下ろして。

ミリアム　何の紐？

ドン　水着の、胸に触りたい。

ミリアム　本気なら下ろしてあげてもいいけど、どうせただのふりでしょう。

ドン　いいだろ？

ミリアムは答えないが、頭を下げると髪が黒い柔らかな滝となって顔の前に垂れ下がる。

ドン　（彼女の水着の紐を下げながら）

君が髪を下ろし、暗い夢を見る夜更け
僕は恐怖の明るさを忘れるだろう……

彼女の水着と乳房のあいだに両手を差し入れる。

ミリアム　――こんなことしていいと思ってるの、わかってるくせに――わかってるくせに？
ドン　わかってるって何を？　僕にはさっぱり……
ミリアム　わかってるくせに、わたしはうちに帰ったら、家族の認めた若くて素敵なユダヤ人の男と結婚して、商売を始めて、何人か子供をつくって、お互い肉づきがよくなって、そのうち丸々太って、二人で商売の話をするようになるの、あなたとわたしが二人でリルケを読んだように、ここで二人で過ごしたはじめの一週間に。
ドン　そいつもリルケを気に入るかもしれない。
ミリアム　いいえ、リルケには反感を持つはずよ、リルケがドイツ人なのは知ってるでしょう。
ドン　君自身、そういう人生を望むようになるんじゃない？
ミリアム　ええ、それでも忘れない、あのはじめの一週間のこと。あなたはどう？

ドン　今日のことも忘れないよ。

ミリアム　わたしはあなたのことがとても心配なの、本当よ、ドン、わかってるでしょう。

ドン　うん。それはわかってる。あきれるほどの親切心だ。

ミリアム　ドン、人の親切を受け入れて。

ドン　そんな人、いる？　僕に親切にするなんて？

ミリアム　いるわ、何人かは、あなたが受け入れさえすれば！

ドン　（ぼんやりと、冷淡に）君は美しい人だ、愛してるよ。

ミリアム　それはどうもありがとう、心のこもった——告白を。

ドン　愛しちゃいけない、愛されるのを待つんだ。君は素敵だ。愛されるのを待つんだよ。愛されるまで愛しちゃいけない、グリニッチヴィレッジの天窓つきのアパートに住んで、いろんな人間をもてなせばいい、そのうち求めてくれる人が現われる、君の手を引いて天窓の下、星空の下まで連れてきて、痛いくらいに抱きしめてくれる、そう、痛いくらい、猛烈に抱きしめてくれる——唇を、耳を、乳首を噛んで、君の美しい両もものあいだに顔を埋めてむさぼってくれる——がつがつと。——そのとき君は自分が愛されてることを知る。そのときは愛してもかまわない、それまではいけない。

ミリアム　——で？　続けて。

ドン　うん。わかった。音楽をかける。クレインやキーツやリルケを読む。抱き合う二人は勇ましい彫像――「男」と「女」は二本の川のように出会う――熱く、そして穏やかに、互いの愛液が二つの川の水のように交じり合う。男が絶頂に達したばかりで疲れていたら、女のやさしさを見せてやる。精力を取り戻してくれるまで性器には触れないこと。待ってる素振りも見せないこと――起き上がってタバコを吸ったり酒を飲んだりするとき、相手の裸をさりげなく見下ろして、欲望が回復してるかどうか確かめるんだ。たとえ回復していても、戻って相手の隣に裸で寄り添うとき、「あまたの子の父」には触れないこと。男の乳首や、上半身のどこでもいい、敏感だってわかった場所に口づけする、耳の中や口の中や――そのときわかる、きっとわかる……。――オイルを使って全身を指先で愛撫する、もちろん音楽はかけたまま、酒に酔わせちゃいけない……。そうやって、やつは君に何度も何度も何度も赤ん坊をはらませる、あまたの子の父を使って――勝ち目はある、うまくやる方法は……。――君にはね、僕にはない。僕は必ずしくじってしまう、焦って、貪欲になりすぎて……臆病になりすぎて！

ミリアム　ドン？

ドン　ん？

ミリアム　よかったら砂丘の奥へ行って――

ドン　いや。だめだよ。天窓の下の誰かのために取っとくんだ。

ミリアム　——わたしのこと笑ってたの？

ドン　ちがう。そんなのわかってるだろ。好意を持ってくれてる相手に僕は冷たくなんかしないし、そんなことできない、わかってるよね。わかってないの？　ミリアム？　僕だって天窓の下の男になれたらどんなにいいか。僕を誘うのは間違ってるよ、ハニー……。

ミリアム　——でも……

ドン　ううん。

ミリアム　そうね……。（デッキの上、ドンの隣に再び腰を下ろし、彼の肩に頭をもたせかける）

ドン　（何となしに彼女の長く垂れた黒髪を撫で）本当に、今日はここにいると、シャボン玉の中に座ってるみたいだ。色とりどりの——いま何時？

ミリアム　六時十五分。

ドン　光はもうすぐ消えていく。——荷造りはすんだ。クルマは夜のほうがつかまえやすいだろう。

ミリアム　ヒッチハイクで帰るなんて。おカネなら貸してあげるから、ボストンまで船に乗って、それから——

ドン　いや、いいよ、ハニー、ありがたいけど。

ミリアム　——それからニューヨークまで深夜特急に乗ればいい、寝台車に。わたしはユダヤ人なのよ、ユダヤ娘——ユダヤ娘の家族にはおカネがあるから、子供にも持たせてくれるのよ。ニューヨークで返してくれたらいい。わたしは来週帰る。あなたのこと、これ以上尊敬できるかどうかわからないけど、それでも同情してるのよ、あなたってほんとに——何なの？——ねえ、ドン？

ドン　——谷の向こうの陰気な妖精だよ。

ミリアム　やめて、ほんとにうんざりよ。ボストン行きの船は八時半まで出ないから、時間はたっぷりある——乗り損ねたら、クルマでボストンまで送ってあげる。

ドン　ニューヨークまでヒッチハイクするよ、暗くなってから出発する、そうすれば、若くてかわいい［男の］子が立ってるとしか思われ——しまった、二人が戻ってくる。

ミリアム　誰が？

ドン　あいつとワンダが、ワンダの蓄音機持って。

ミリアム　もう行くでしょう？

ドン　見つかった。逃げるわけいかない。ワンダが手振ってる。ほんと、苦手なんだあの子。死んでくれたらいいのに。何かで死なないかな？

ミリアム　やめなさいよ。芸術家のくせに。あの子にも生きて人を愛する権利はある、あなたとおなじ。風車と戦っちゃだめよ、ドン。力の使い道はほかにあるんだから。

ドン　どうか頭が冴えますように、うまい言葉が見つかるよう。早く！　ボトルどこ！

ミリアム　だめよ！

ドン　もう一杯、頼むよ、頭が空っぽになる、心の中が死んだみたいな。

ミリアム　見て。ボストン行きの船が、あそこ。岬を回ってくるわ、ドン。

ドン　なるようになれ。彼女白づくめだ。きれいだよね？

ミリアム　とてもきれい、ええ。

ドン　じゃ望みはない？

ミリアム　ええ。行くの。ここにいちゃだめ。

ドン　することがあるんだ。

ミリアム　え？

ドン　わからないけどすることがある。

ミリアム　自分を笑い者にするつもり？

ドン　ほっといてよ、一人にして、ほっといてくれって！

ミリアム　わかった。八時十五分に桟橋で見送るわよ。

ミリアムは歩き去る。ワンダとディックの声が聞こえる。

ディック　振り付けはすごく簡単なんだ。やあ、ドン。僕ら今朝ずっと稽古してたんだよ。

ワンダ　ハロー、ドン。何してるの？

ドン　べつに。

ディック　こんなふうに始まる。どう？

ワンダ　素晴らしいわ。

ディック　それからプリエ、連続でプリエ。シャンジュマン！

ワンダ　まぁぁぁ！

ディック　レコードかけてよ、一通りやってみよう。まだ真似しなくていい。

ワンダ　ええ。見るだけにする。素晴らしいじゃない、ドン？　ドン！

ドン　ん？

ワンダ　どうして見てあげないの？

ドン　ごめん、気が散ってて、ワンダ。

ワンダ　何に？

ドン　夏が、もうすぐ夏の終わりってころになると——知ってた？　——砂丘から眺める夕日がますます壮観になる。――何かが終わる、もうすぐ終わるんだって思うと、何となく特別な、大げさな感情が湧いてくる――僕はひどい芝居やつまらない芝居をたくさん書いてるかもしれないけど、終わりだけはいいものにできるんじゃないか、そう思えてくる……。うん――そう……それだけじゃない、何かもっと……とにかく、いつになく壮観だ、あの夕日。見てごらん、ワンダ。

ワンダ　ディックを見てるの。

ドン　あんなにも壮観に沈む夕日を見るよりも、ディックを見るほうがいいってこと？　ずいぶんスケールがちがうよ？

ワンダ　ディックを見てるほうがいい。

ドン　自分にうっとり陶酔しきった――ナルシシズムの化身を見てるほうがいいってこと？まあ、たしかに、今晩のあいつは美しい、黄金色の若い肉体、鍛え込んだ、でももう盛りに達してる、美の絶頂に。素晴らしい？　いまはたしかに並じゃない、なかなかウンパッパだ……

ディック　（二人の会話に気づかず）ウンパッパ、ウンパッパ。

ワンダ　ドン、あなたのことが心配だわ。

ドン　それは、ありがとう、最高の褒め言葉だよ、ワンダ。

ワンダ　わたしが心配してるのはね、性格が変わってきたってこと。何だか陰険で。出会ったころのあなたとはちがう。

ドン　出会ったころはどんなだった？

ワンダ　無口。でも好感がもてたわ、ドン。いい人に思えた。どうして変わってしまったの？

ドン　欲望を満たせない苦しみのせい。

ワンダ　それっていつから？

ドン　あいつと出会って間もないころ。——エロティックなイメージ、そいつが心のクローゼットにこっそり潜んでたんだな。

ディック　ウンパッパ、ウンパッパ。ゼンマイ巻いて、テンポが落ちてる！

ワンダはあわてて言われたとおりにする。

ドン　利用できると思ったら誰でも利用する。良心が痛むこともないし、恩を感じることもない——君に対して、僕に対して、あのまぶしい輝きに魅入られたすべての人間に対して、ほら、あのとおり、高みに立って、あとは落ちていくだけなのに。

ワンダ　あなたより七つ若いのよ。

ドン　年齢はね。だけどあいつの心の中は？
ワンダ　気をつけて！　ヘリコプター！

ヘリコプターの音が聞こえてくると同時に、ワンダとディックはあわててデッキから離れる。ドンは見上げようと頭を動かすだけである。デッキに郵便の袋が落ちる。ドンはデッキに飛び乗ると手紙を何通か漁り、乱暴に破って開いていく。

ワンダ　ドン！　何してるの？
ドン　僕宛てじゃない手紙を開いてる、他人の手紙を。
ワンダ　犯罪よ！
ドン　（声に出して読み）「親愛なる――マーティへ」？――ちがう、「マーサへ――そちらはどうですか？　こちらは問題なく、いつもどおりです。急いで帰らなくても大丈夫、あなたがいないのはさみしいけど、せっかくだから」――
ディック　（とても小さな声で、しかし恍惚と）ウンパッパ、ウンパッパ。
ドン　（頭を垂れて手紙を覗き込むように）――せっかくだから、穏やかで静かな時間を楽しんで――（さらに頭を垂れ）――こちらのことは心配しないで、特に問題ありません、相変わらずです。」――ふうん、そう。――あ、僕宛てのがある、ニューヨークの代理人からだ、もしかしたら小切手かな。

ゆっくり手紙を開く。ディックは踊るのをやめる。

ディック 冷えてきた。チャウダー食べにいこう。

ディックはワンダがポータブル蓄音機を片づけるのを手伝わない。二人は砂丘の向こうに姿を消す。ドンは手紙を読んでいる。重要な知らせにゆっくりと立ち上がり、声に出して読む。

ドン 「親愛なるドナルドへ。シアターギルドとのミーティングから戻ったところです。つらい知らせがありました。あなたの戯曲を受け取ったスター女優はみんな断わったそうです。救いがないとか、品がないとか、理由は似たり寄ったりですが、力のある本だと認めた女優も一人か二人いたようです。悪いけどわたしは驚きません。戦時中なので軽い娯楽が好まれるようになったのです。バートの提案を考えてみてはくれませんか――あなたの才能を活かし、ミュージカルの歌詞を書くということ。アイデアがなくても、バートがいくつか考えてくれています。事務所に期限のせまった小切手があります。あなたがころころ住所を変えるので、ニューヨークに戻るまでわたしたちがここで預かるのがいいと考えました、何しろ――」

手紙を丸めて落とす。まっすぐ前を見つめる。しばらくすると年老いた郵便配達夫が現われ、デッキに散らばった手紙を気が抜けたように、あきれ顔で見る。

郵便配達夫　よお、若いの。

ドン　どうも。

郵便配達夫　何で袋が開いてるんだ？

ドン　あぁ。ヘリがあまりにも高くから落とすもんだから、衝撃で破れたんだ。

老人はやっとの思いでしゃがみ、ぶつぶつと不平を言いながら、散らばった手紙を集める。

ドン　デッキにかけなよ、おじさん。僕がやってあげる。

郵便配達夫　（デッキにどっかり腰を下ろし）――すまんな。――腰が弱っちまって。

ドン　（砂の上の手紙を集めながら）ウンパッパ、ウンパッパ。
郵便配達夫　目も弱ってる。
ドン　光が弱くなったんだよ……（郵便配達夫の隣に腰かけると同時に――）

溶暗

対談　劇作家のみたニッポン

三島由紀夫×テネシー・ウィリアムズ

Conversation with Yukio Mishima

（オブザーバーの形で、ウィリアムズ氏の秘書フランク・マーロ氏と、友人、ドナルド・リチー氏が出席された）

■「欲望という名の電車」の稽古を見て

三島　きょうは七曜会の「欲望という名の電車」の稽古をごらんになったそうですね。いかがでした？

ウィリアムズ　俳優たちは非常にりっぱだと思いました。

三島　演出はどうでした？

ウィリアムズ　アメリカで上演されたときの形式にとてもよく似ているのには驚いちゃったな。もう少しアメリカ的でなく、日本的に、むしろ歌舞伎的な様式で演出されると面白いと思ったんだけど……。（ここでウィリアムズ氏は歌舞伎のアクションを真似る）

三島　あれがかえって僕は日本式だと思うんですよ。つまり日本人はもとの型が好きで、歌舞伎でもなんでも昔の人が作った型を守るのが非常に好きでしょう。オリジナルな型が好きなんだな。外国人のやった通りにするのが日本式なんだ。だからチェーホフの芝居なんかでも、モスクワ芸術座とそっくり同じにやるんですよ。

ウィリアムズ　初演の形式を非常に厳密に守っていることがわかったね。稽古中に、台詞《せりふ》の解らないところなんか、いろいろ質問されましたよ。

マーロ　日本の若い人たちがほんとは歌舞伎は好きじゃないということを、テネシーは知らないんじゃないかな。

三島　それは全体のパーセンテージでは昔に比べて減っていますね。だけどやはり好きな人は相当います。

マーロ　若い人の中に、歌舞伎が解らないという人が多いのには驚きました。

三島　きょうの「欲望という名の電車」の役者はどうでしたか？

ウィリアムズ　スタンレーをやった人がすばらしかった。ブランシをやった人よりよかったね。さっき、歌舞伎的演出ということが話題になったけれども、歌舞伎の舞台で、客席の中の通路から俳優が登場したりするのが大へん面白い。実は僕の「カミノ・レアール」(Camino Real) という芝居を上演したとき、それをやったのですよ。しかし結果的には、この演出方式はニューヨークではあまり受けなかった。というのは、観客が俳優に自分たちの足を踏まれやしないかと、そればっかり気にしていたからです。これはエリア・カザンが演出したんだが、この演出方式をめぐって、賛否両論が出て、だいぶやかましかった……。

僕の戯曲の演出は、エリア・カザンが多いが、「夏と煙」という芝居は、女流の演出家で、円型劇場の演出をよくやるマルゴ・ジョーンズという人にやってもらった。このときは舞台のうしろにスクリーンを出して、そこへ映画を映すようなことを考えたのだけれども、これもあまり成功しなかった。

三島　「カミノ・レアール」は日本では未《ま》だ上演されてないのですけど、僕はあの形式は日本人に非常に親しみやすいと思うんですよ。ところでテネシー、あなたは「熱いトタン屋根の上の猫」で、演出のエリア・カザンの意見を入れて、改訂稿を書いているけど、僕はオリジナルの方がよかったと思うのですが……。

ウィリアムズ　それはうれしい意見だ。実は私もそう思っている……。

三島　演出家の意見によって、戯曲に手を入れるということについて、あなたはどう考えていますか。

ウィリアムズ　私は、まず、演出家の存在に敬意を払い、その意見を尊重する。そういう立場から、たとえ失敗するような場合があっても、手を加えたり、書き直しをするべきだという考えだ。そして「熱いトタン屋根の上の猫」の場合は、その失敗した方の例だ。

三島　あなたは、テネシー、自作の演出にどの程度タッチしますか？

ウィリアムズ　私は原則として稽古に出ない。稽古に私が出ると、演出家は自分の自由を犯されたように感じるし、私としても他人の権利を犯したくない。それは他人の夫婦生活をのぞくようなものだからね。

三島　あなたはこれからも、ブロードウェーのためにずっと仕事をしますか？

ウィリアムズ　私はほとんどブロードウェーに興味がなくなった。これからはオフ・ブロードウェーのために仕事をしたいと思っている。

（三島注——ウィリアムズ氏の「夏と煙」などは、ブロードウェーで失敗し、そのあと、オフ・ブロードウェーで大成功している。氏が昨年「Garden District」［新作Suddenly, Last Summerを含む］を、オフ・ブロードウェーに提供したとき、これほどの大家が、オフ・ブロードウェーに新作を発表したということが、ニューヨーク劇壇に新風をもたらすものといわれ、またその公演は大成功であった。氏はこの大成功に大いに我が意を得、全く商業的要請を免かれたオフ・ブロードウェーの仕事に、一そうの興味をつのらせているのであるらしい。ただし現在の「Sweet Bird of Youth」はブロードウェーで大当りしている。）

三島　あなたの近作の「青春の甘い鳥」（Sweet Bird of Youth）では、隠退した女優というのが女主人公だそうですが、僕もフロリダでそういう人たちを見ました。そちらの俳優組合は失業保険が発達しているので、のんびりフロリダで日光を浴びて、次の役を待っていることができるんですね。隠退した老女優といえば、まして、使いきれないほどの金があるわけですね。「青春の甘い鳥」は、そういうフロリダで遊んでいる隠退女優と、ジゴロの男の話だそうですね。ところで、日本では、俳優という俳優は死ぬまで舞台に立っていて、というのは、本人も立ちたがり、生活上からも立たざるをえず、なかなか隠退さしてくれないんですよ。

ウィリアムズ　アメリカの俳優組合はたしかに保険その他で、完全な生活保障をしている。俳優ばかりじゃない。作家もそうだ。ところで、きみのほうの「女は占領されない」の原作料は、どういう形になってる？　利潤分配か、それとも一回きりの上演料か？

三島　一回きりの上演料で、これこれです。

ウィリアムズ　そりゃまた信じられない安さだ。どうして組合を作って、権利を主張しないんだ。

三島　しかし日本の芝居は、伝統的に一ヶ月興行で、劇場側としても採算をとるのがむずかしい。近代劇なんかは、ほとんど職業劇団とはいえません。

マーロ　一ヶ月興行という点じゃ、イタリアと同じですね。イタリアも伝統的にロング・ラン形態をとっていません。

■ウィリアムズ劇のテーマ

三島　ところでテネシー、あなたの「カミノ・レアール」「墜落するオルフェ」「突然、去年の夏に」(Suddenly, Last Summer)、あの三つの芝居には、あなたの昔からの連続した一つのテーマといったものがありますね。僕はそれを犠牲の観念と悲劇的ヒーローというふうに考えます。悲劇の英雄《ヒーロー》の観念は、古代の犠牲の儀式から生じたもので、テネシーの芝居は、悲劇よりもう一つ前のそういう観念を再現したもののように思われるのです。それに僕はとても興味を持つのだけれど……。

ウィリアムズ　まあ共通のテーマといえば、決して必ずしもインテリジェントというのではないが、繊細な、傷つきやすい感受性を持っている人、つまり極度にロマンチックな性格が、往々にして悲劇の主人公になるというところかしら……。その点では「欲望という名の電車」の女主人公が典型的だ。

三島　そういう点ですね。

ウィリアムズ　青春の純真な魂が、非常に強力な力にぶつかった場合に、無慙《むざん》に砕かれる。そこに悲劇があるわけだ。

——だけれど、僕はもう散々このテーマを使っちゃったんで、今度は、これと反対の方向に行こうと思っているんです。今度の「青春の甘い鳥」では、悲劇は悲劇だが、その女主人公は実にタフな海千山千の老女優なんだ。

三島　つまり、こういうことでしょうか。ロマン的心情とか、かよわさを持っている、そういう人が、だんだんに滅んでいく。つまり、いままでロマンチック・ヒーローであった者が犠牲にされてゆく。それが一番端的に表われているのが「欲望という名の電車」だとおっしゃる。だけれど、いまや、テネシーは、そこから転向していきたいと思って、一種の復活——非常にタフな老女優とか——今度はつまり滅びないものを書こうと言うのでしょう。もう「滅び」というものに対して、興味がなくなった——ということじゃないかな。

そして、それはすでに「バラの刺青《いれずみ》」（The Rose Tattoo）の女主人公なんかに、それが言えるのじゃないか。

ウィリアムズ　「バラの刺青」は喜劇だからちょっと違う。あの女主人公は極端にロマンチックな女だが、これは「欲望という名の電車」のブランシを喜劇化したタイプなんですよ。

■アメリカ南部小説と日本文学との近似点

ウィリアムズ　ところで三島君、書き下しをアメリカで上演しませんか。きっと成功すると思う。自分で書いて、自分で演出したらいい。菊池寛の「屋上の狂人」を私が演出して、三島由紀夫の「近代能楽集」のうち一つをあなたの自演出で、この二つを併せてやったら、面白いのじゃないか。

三島　菊池寛の芝居は、非常にシンプリファイされているところが好きです。たしかにテネシーの好きそうな芝居ですね。あの狂人の感受性の純粋性と、それを守ろうとする弟の純情とは、あなたの芝居のモチーフとしても決しておかしくない。

ウィリアムズ　「屋上の狂人」は読んだばかりなのだけれども、大へん気に入った。読みながらぜひアメリカで上演したいと思った。

ところで三島君、僕はね、日本の文学は、アメリカ南部の文学と、どこか非常に似ているような気がするのだけれども、どうかな。読めば読むほどそういう気がする。繊細すぎる感受性、それによる生きづらい魂、そういう要素が共通なのじゃないかな。ただし、アメリカの場合は、日本のよりもっと直接的で、日本の方はより間接的だという違いはあるけれども。……日本文学における現実の概念とか、悲劇の感覚というものも、アメリカの南部の文学のそれと、非常に近いのじゃないか。たとえば、太宰治の「人間失格」は、カースン・マッカラーズ（南部の女流作家）の書いた小説を思わせる。それから、同じ太宰の「斜陽」も、南部的だ。読んでいて南部の特質に気づいたことがあった。

マーロ　そう、あの家族、あれは南部の家族そのままだよ。

三島　太宰の話が出たけれども、テネシーは、彼を崇拝しますか？

ウィリアムズ　大いに崇拝する。あなたは？

三島　芸術家としては崇拝する。だけれど人間として、個人としては、太宰治は実にきらいだった。別に作家としての競争心から嫌悪するのじゃなくて、とにかくいやなのだ。僕が太宰治と初めて会ったとき、彼はぐでんぐでんに酔っぱらっていた。

ウィリアムズ　それは日本で非常に珍しいことなの？　アメリカじゃ最も普通なことだ。

三島　僕が太宰をなぜきらったかというと、その感情が非常にロマンチックだったからなんですよ。太宰の性格というのはぐちばかり言っているんです。それから人のことをうらんでばかりいる。それから自分が弱いということをみんなに宣伝している。そういうところは僕は非常にきらいなんだ。彼は自分の感受性の傷つきやすさを隠さなかったんですね。それがとても僕にはつらかった。

ウィリアムズ　一体それが隠せますか。芸術家はいつも自分を傷つけて、自分の体を切ってそこから流れる血を他人にかけているようなものでしょう。そしていつも夢を見ている。

三島　僕はテネシーみたいなはっきりしたパーソナリティを持っている人が好きなんだ。

ウィリアムズ　きみこそ持っているじゃないか。（笑）私の人柄はきらいなんでしょう。

三島　いや、好きですよ。（笑）

ウィリアムズ　一日のうちで僕がいい人間である時間は三時間しかないんですよ。三時間たつと僕はもう非常にだめな人間になっちゃうんだ。

三島　たとえばテネシーなんかは一日に必ず一度は泳ぐでしょう。太宰は全然そういうことはきらいだ。とにかく自分の体をめちゃめちゃにすることしか考えなかった。

ウィリアムズ　人が見る私というのは、いつもぐったりと疲れちゃって、しかも酔っぱらっているんだ。そして私の神経が全部露出している。だからなかなか人に対してもいい態度をとることができないんですよ。とにかく毎日三時間の仕事をやると、それで疲れきっちゃうためにそのあとで人に会うと非常に態度がよくない。一年のうち五日だけいい日があるんです。その日に劇を書く。その五日間で劇が完成するんですね。

■自作の映画化をめぐって

ウィリアムズ　現代の日本の若い作家たちは、いつも死という概念にとらわれているように思う。私たちはまた、人生そのものに望みを見出さない。望みはたまゆらのごときもので、人生の刹那刹那《せつな》に見出される……。こういう点で、アメリカ南部の小説と、日本の文学とに共通点を見出すことができる。

三島　僕は滅びていくものは美しいと思うんです。つまりアメリカ南部のように、あるいは日本のある時代のように……。だけど、ただ滅びていくだけでは意味がないので、そこに復活がなくてはならない。

そういう意味で僕は、あなたの芝居のテーマというものは、一度、滅んでいくのだけれど、必ず生へ帰る——というものだと思う。一度犠牲にされた人間は、結局、何かの意味で、また生れ変ってくる。それはあなたのテーマの中で、一番大事なことだと思う。そういう点で、あなたが太宰を好きな理由はわかるけれども、また、僕が太宰がきらいで、あなたが好きだという理由にもなると思いますね。彼は、ほんとうに滅ぶことしか考えない。彼はただロマンチストだ。テネシーのは、書かれている人物がロマンチックなんで、テネシー自身がロマンチックというわけではない。

ウィリアムズ　いまの、きみの説に当てはまる作品があるよ。D・H・ローレンスに関する芝居で、それはローレンスが妻と一緒に死んだ最後の日のことを悲劇にしたものなんです。不死鳥のように、炎の中から立ち上るローレンスを書いた……。

マーロ　不死鳥と言えば、三島さんの「金閣寺」の、あの塔の上には、不死鳥があったと思う。

そして金閣寺そのものが焼かれて蘇るのを、あの鳥が象徴しているように思える。

ウィリアムズ　「金閣寺」と言えば、アイヴァン・モリス氏の英訳は、とてもよくできていた。「潮騒《しおさい》」「仮面の告白」のメレディス・ウェザビー氏のもよかった。

三島　皆そう言ってます。しかし残念ながら私には翻訳がよくできているか、どうか、そういう判定をくだすほど英語というものが解らない。

ウィリアムズ　いい翻訳者を得たことは、しあわせなことだと思う。「金閣寺」の映画（市川崑演出の「炎上」）も見たけれど、たいへんよかった。

三島　「炎上」の俳優では、誰がよかったですか。

ウィリアムズ　どもりの主人公、市川雷蔵がよかった。

三島　雷蔵の眼がいい……。

ウィリアムズ　どもり方もよかったよ。

マーロ　僕は、母親をやった北林谷栄がいいと思った。

三島　あの雷蔵も、歌舞伎俳優の家の出身ですが、老僧になった鴈治郎《がんじろう》というのは、歌舞伎の有名な役者です。

ウィリアムズ　ほうほう。（驚いた身振り）「炎上」のカメラマンがいいと思った。黒と白とのコントラストを、よく生かしていた。

三島　あれは「羅生門」をとった、宮川カメラマンです。

マーロ　「羅生門」というのは、黒沢明の映画でしょう。あれは、もう、すっかり感激しちゃったな。一晩、眠れないくらい。黒沢明の「生きる」も、いいと思った。しかし、すこし長過ぎはしないかな。もっとほうぼうカットすべきだ。

三島　「炎上」は、ヴェニスの映画祭で残念ながら賞を逸しました。

マーロ　国際映画祭というのは、ミス・ユニヴァース・コンテストと同じだからね。全然、政治的なものだ。あんなもの信用しない。

ウィリアムズ　そう、そう。

三島　映画の話が出たついでにお聞きしますが、テネシー、あなたは自作の戯曲の映画化作品では、どれが好きですか。

ウィリアムズ　好き嫌いということより、「欲望という名の電車」が、原作にもっとも忠実だったと思う。そして、「熱いトタン屋根の上の猫」が、もっとも不忠実だった。しかし「熱いトタン屋根の上の猫」は、大当りして、お金を一番稼いでくれましたよ。

■同性愛を売物にしてはならない

三島　テネシーの芝居には同性愛の問題が、たまたま現われるでしょう。日本は元来、同性愛については寛大な国だったのですが、その考え方を歪《ゆが》めたのはアメリカのおかげだ。明治維新のとき宣教師達が持ち込んできたピューリタニズムのおかげだと思うんですよ。

ウィリアムズ　なるほど、きみの小説では、異性愛と同性愛が、いずれも、純粋な愛情として、偏頗《へんぱ》なく取り扱われている。それが日本人のフィーリングなんだね。愛について書く場合、それがたまたま二人の異性の間、あるいはたまたま同性の間であるかもしれないけれども、その差はあまりにも強調され過ぎていますね。

アメリカでも、男色というものを珍しいものとして、読者の注意を惹《ひ》くとか驚かせるという一つの手段として使う人は、劇作家でもたくさんいるんですよ。だけど僕はその一人じゃない。僕の劇の中で男色を扱っているのは一つしかない。「熱いトタン屋根の上の猫」です。しかしあれは男色に関する芝居じゃなかった。あれは単に劇的な効果のための一要素だったんですよ。あれの最も重要なテーマは「欺瞞《メンダシティ》」なんです。

三島　欺瞞《メンダシティ》とか偽りとか、これはキリスト教的観念だと思っていました。

ウィリアムズ　必ずしもそうじゃないでしょう。嘘をつくことは、人間社会で最もよくない、危険な悪ですね。

三島　それは僕、よく解るんです。つまり政治家が嘘をつくというように、よく解るのだけれども、これは重大な問題ですね。僕はどうも「欺瞞」というものはクリスチャン・アイディアのように思うんですよ。昔のギリシャ人というのはメンダシティということをそんなに恐れなかった。よく、恥の道徳と良心の道徳ということが言われるでしょう。良心の道徳というのはプロテスタンティズムが一番重んじているので、これは自分の中の道徳ですね。それから恥というのは体面の道徳で、体面がりっぱならいい。日本人はそういう点でむかしのギリシャ人に似ていて、体面というものに真実があると考えている。つまり真実が外側にあるか、内側にあるかという点での、ものの考え方の違いだと思うのです。ギリシャ人とか伝統的な日本人というのは、そういうふうに真実は外側にあると考えた。あなたは真実は内側にあると考える。そこが僕は、われわれとあなたと、「欺瞞」というものに対する考えが違ってくるところじゃないかと思う。プロテスタントの真実は内側にある。それを欺くものは「欺輛」だというのでしょう。もちろんギリシャ人だって平気で「欺瞞」を言ったに違いない。しかし真実は外側にある、美しい形をしたものは美しい心を持っていると考えたでしょう。

ウィリアムズ　確かにそれはそうだ。人を見て自分がほんとうにそう思っても「あなたはもういかにも死にそうだ。棺桶《かんおけ》に片っ方足を突っ込んでいる」というようなことはまあ言わないね。(笑)

私はまだ日本の文学を勉強し始めてからほんとうに日が浅いので、日本の文学について批評することは非常におこがましいんだけれども、しかし日本の文学の中にも真理というものを尊ぶ要素を発見せざるを得ない。最近漱石の「こゝろ」を読んでも、大へん感心した。私はアメリカ人が非常に嘘つきだと思う。私が偽りを憎むのは、アメリカの文化に対する謀叛《むほん》なんだ。芸術家というものは、みんな自分の生れた国の文化というものに謀叛するものです。これはどの芸術家も同じだ。

三島　マルセル・プルーストはどう思いますか？

ウィリアムズ　とにかくプルーストは真実を伝えようとしていたと、私はいつも思うんだ。だけどジイドは偽善的な芸術家だと思う。

三島　まったくそうだ。

リチー　しかしジイドは、自分が偽善的であることを知らなかったのじゃないかな。

ウィリアムズ　そりゃ誰だって、その人が持って生れた性格というものに対して、その人を責めるわけにはいかないさ。私はジイドは好きだ。たとえば「狭き門」なんか。だけど私は、あの日記を読みながら、ジイドはなんて偽善者なんだろうと、いつも考えていた。ところがプルーストはむしろ反対だ。

リチー　そして、もちろんそれが彼を偉大な人物にしたんだ。

ウィリアムズ　そうだ、彼はとても偉大な人物なんだ。しかも悲劇的な人物なんだ。私が思うのに、プルーストはあまりにも偉大な作家であったために、自分の激しく嫌悪するものを描いていても、感受性の強い読者に、たとえばシャルリュスのような人物にある種の偉大さを感じさせることができたんだ。このことが実は、私が「カミノ・レアール」の中で彼を取り扱っている理由なんだ。彼はほとんど普遍的な人物だね。

■旅先で書いている戯曲

三島　今旅行中に何か書いていますか？

ウィリアムズ　新しい戯曲を書いているんだ。そのストーリーを簡単にいうと、中心人物は九十七歳の老人と、彼の中年の未婚の孫となんだ。この老人というのは詩人で、孫娘は絵かきなんだ。二人は一緒に旅行をしている。老人の方が詩を暗誦して人に聞かせる。その間に孫娘の方は、彼女は本式の絵かきなんだけれども、生活費を得るために詩に聞きいっている人の顔を手早くスケッチする。この二人がメキシコの観光シーズンが終った時期のあるホテルにいるときに起る話なんだ。この老人はだんだん目が見えなくなっているんだが、それを孫娘に知らせたくないんだ。おまけに彼は一度卒中をやっている。

卒中をやったので記憶力も弱くなっている。この劇は「イグアナの夜」というんだが、イグアナというのはメキシコ人が食用にする大トカゲなんだ。大トカゲが一匹、老人と孫娘のホテルのベランダの下に縛りつけられている。これは現地人が殺して料理をする前に縛っておいて太らせてあぶらを乗らせるためなんだが、この大トカゲが夜通し戸をひっかいてうるさくてしようがない。このホテルにはちょうどアメリカから来た観光団が泊っている。ところがこの観光団の引率者が実は観光団員の中の十代の女の子に手をつけたために、これはアメリカでは刑法上の犯罪だから、アメリカに帰れないのだ。

三島　それで、このトカゲは縛られて、やがては食べられる。トカゲも一種の象徴なんですね。

ウィリアムズ　そうだ。しかしこれは、どの一人の人間の象徴でもないんだ。この劇中の人物の誰もがこのトカゲなんだ。わかるかね。つまり誰もみんな逃げられないんだ。逃げられるのはこのトカゲだけなんだ。というのは、この女が遂に現地人にこのトカゲを放さして逃がしちゃうのだ。それがこの劇の終りで、そこでこの女がポーチに現われて来る。彼女の背後の見えないところで、老人がまた卒中を起して倒れて死ぬ。——ここで重要なことは、この老人というのはもう何年も詩を作っていない。ところが彼が書きかけていた一つの詩が、ちょうどこの晩に完成される。この芝居は一晩のうちに起る出来事を扱ったものなんだがね。この老人はこの晩に詩を完成する。ところが孫娘は、老人が死んだことを知らずに、一人で最後に言う。「ああ、なんと静かなんでしょう」、これがこの劇の一番最後の台詞となる。

三島　とても面白そうですね。「イグアナの夜」というのは、同じ題で前に小説を書きませんでしたか。

マーロ　短編がありますけどね。共通なのはその題とトカゲだけで、そのほかのこの芝居の中にあるものは全部新しいものです。

三島　僕も今新しい芝居を考えているんですが、これは兄と妹との心中についての劇なんだ。

ウィリアムズ　それはまた実に面白そうだね。長いの、短いの?

三島　長いんです。新劇のために書いたんですがね。

ウィリアムズ　誰かに頼んで、その劇を文字通りに翻訳してもらって、それからそれをもとにして僕がまた完全な翻訳を作ったら、とてもいいと思うんだがな。

■劇作家の生活

三島　ところでテネシー、あなたにお聞きしたいのだが、この二週間日本にいて、日本のことをどう思いましたか?　戯曲家としてどう思ったかをお聞きしたい。

ウィリアムズ　そうだね。僕は前々から、日本の作家とアメリカの南部の作家との間にある種の共通点があるというふうに感じていた。日本へ来るずっと前から日本の文学を少しずつ読んでいた。しかしまだ解ったとは思わない。日本の作家とアメリカの南部の作家との共通点が実際どういうものであるかということは、よく解らない。けれどもおそらくこれはどちらも、土に近いということ。それから日本でもアメリカの南部でも、家族というものが非常に強い。そんなところじゃないかね。

もう一つ気がついたことは、日本へ来て——そのために僕がなんとなく故国へ帰ったような気がするのだけれども、それは日本人が非常に感受性が強いということだ。少なくとも東京の日本人はそうだね。彼らはアメリカの南部人の多くと同じように感受性が強い。しかし日本は、今まで僕が見た多くの国の中で、文化的に非常に興味深いと思った初めての国だ。

これははっきり言えることだと思うが、日本の文学と、それから映画とは世界のランキングの中に数えることのできる存在だと思う。ほかの国は違った理由で僕の興味を惹いたけれども、日本の場合はその文化というものに心を惹かれる。

三島　ほかの国の場合はどういう理由で？

ウィリアムズ　そうだね。あるときには国民の気質、あるときには社会生活、またときには性生活。ところが日本はやはり文化的にまた知的に実に深く僕の関心を呼び起した。

マーロ　三島さんはどういうふうに仕事をするんですか。

リチー　彼は大抵夜通し仕事をしている。それから午後の一時か二時ごろまで眠る。それからまた大体一ヶ月ばかりぶっ続けで働いて、あとを一ヶ月ばかりのんびりする。

ウィリアムズ　それはちょうど理想的だね。私は毎朝七時に、あるいはもっと早く起きて仕事を始める。

リチー　それはアメリカを離れている今でも同じですか。

ウィリアムズ　そう、僕はどこにいても仕事をするよ。日本にいても毎朝仕事をしている。君も知ってるように、著述ということは楽しくないことだ。働いて働いて働いて、これはまるで石の壁にげんこつをぶっつけているようなものだ。とてもからだにきつくて。それだからこそ、仕事が終ったあとの一日というものは、僕は機嫌が悪いんだ。

リチー　しかし、ときには非常にすらすらと仕事ができることもあるんじゃないのか。

ウィリアムズ　そう、ときどきそういうことはある。そういうときにこそ、ほんとの創造ができる。ほんとにいい作品が書ける。私は劇一つ書くのに一年半をかけるんだ。その間に、実際に一つの戯曲が書けるのは、五日ばかりしかない。そのほかの日というものは、この五日間に書くものを書こうとして費しているんだ。その五日間がくると、ちょうど水門が突然開かれたように、すべてのものが溢《あふ》れ出る。それで一気呵成に書き上げるんだ。しかしそれ以外のときというものは、実に苦しい努力の継続なんだ。だから私はいつも疲れきっている。芸術家というものは、ちょうど自分のからだの皮をかきむしっている人間のようなものだね。毎日自分の静脈を切って、毎日自分の神経を露出させているんだ。だからそんなに疲れきってしまうのだよ。

〈初出〉芸術新潮・昭和34年11月
〈初刊〉「源泉の感情」・河出書房新社・昭和45年10月
底本：決定版　三島由紀夫全集39（二〇〇四年、新潮社刊）

訳者あとがき

本書は、テネシー・ウィリアムズ（アネット・J・サディック編集）戯曲集 *The Traveling Companion & Other Plays*（New Directions, 2008）所収の十二篇から翻訳した三篇――『男が死ぬ日（*The Day on Which a Man Dies*）』（1960）、『緑の目（*Green Eyes*）』（1970）、『パレード（*The Parade*）』（1962）――に加え、一九五九年の「芸術新潮」に初出したテネシー・ウィリアムズと三島由紀夫の対談を転載したものである。

対談の中で、三島の「あなたはこれからも、ブロードウェーのためにずっと仕事をしますか？」という問いに対し、ウィリアムズは「ほとんどブロードウェーに興味がなくなった。これからはオフ・ブロードウェーのために仕事をしたいと思っている。」と答えている。この対談が行われた時期はウィリアムズの長いキャリアの転機に当たる時期だった。

テネシー・ウィリアムズ（1911～83）は一九四〇年代から五〇年代にかけ、『ガラスの動物園』（1944）、『欲望という名の電車』（1947）、『熱いトタン屋根の猫』（1955）といった劇をブロードウェイでヒットさせ、複数のトニー賞やピューリッツァー賞を受賞、ユージーン・オニールやアーサー・ミラーなどと並んで、アメリカで最も偉大な劇作家と評された。しかし、五〇年代後半以降——特に、三島との対談でも言及のある『イグアナの夜』（1961）がブロードウェイで成功したのを最後に——批評家のあいだでも観客のあいだでも、ウィリアムズの人気は下り坂になる。当時ウィリアムズはより実験的で個性的な劇を書くようになっていたが、人々は彼の劇にいつまでも、『ガラスの動物園』や『欲望という名の電車』に見られるような詩的リアリズムを求めていたのである。ウィリアムズの劇の上演に対する同様の期待は、彼の死から四十年近く経った現在もさほど変わっていないように思われる。

ウィリアムズがキャリアの初期から古びたリアリズムの枠組みを破る実験的な作劇を行なっていたことは、もっと注目されるべきである。たとえば『ガラスの動物園』の上演用覚書の中で、ウィリアムズは「新しい、柔軟な演劇（plastic theatre）」という概念を提唱し、そうした演劇が「リアリズムの慣例に囚われて疲弊した演劇にとって変わらねばならない」と述べている。いまでこそ現代の古典として当たり前のように受け入れられている『ガラスの動物園』だが、この「記憶の劇」は、物語の主人公が同時に語り部にもなったり、（ブロードウェイ初演では用いられなかったが）映像やタイトルがスクリーンに投影されたり、音楽や照明の使用に工夫が凝らされたりと、当時としては革新的な劇構造をもっており、アメリカ演劇に変化をもたらす一作となった。

ウィリアムズと三島の親交が始まったのは一九五七年、同年に英訳出版された「近代能楽集」の上演の可能性を探るため、三島がニューヨークに長期滞在していた時だった。そして五九年、三島を訪ねて来日したウィリアムズは能や歌舞伎に触れ、歌舞伎座には二週間毎日のように通ったという。ウィリアムズは、『イグアナの夜』、『牛乳列車はもうここには止まらない』といった、日本の伝統演劇に影響を受けた劇をいくつか執筆しているが、中でも能の形式を取り入れた『男が死ぬ日』は非常に先鋭的だ。ウィリアムズは「近代能楽集（Modern Noh Plays）」の作者である三島に敬意を評し、この劇に「西洋能（An Occidental Noh Play）」という副題をつけた。

『男が死ぬ日』の「男」はすでに名を得た画家だが、絵筆を捨ててスプレーガンで描くという彼の新しい試みを、愛人の「女」や画廊は狂気の沙汰と見ている。これはもちろん、ウィリアムズがこの劇を書いた当時に置かれていた立場と同じである。ウィリアムズがますますアヴァンギャルドな作劇法を採る一方、多くの観客や批評家のあいだでは依然、彼の初期の劇に対するノスタルジーがあった。

ウィリアムズがこの「西洋能」を書く一つのきっかけとなったのは、画家ジャクソン・ポロック（1912〜56）の死だった。ポロックが自動車事故により四十四歳の若さで亡くなったことは、まだ有名になる前のポロックと若いころに交友をもったウィリアムズにとって人ごとではなかったという。この劇は、シテ＝ポロックの魂を鎮めるための夢幻能と解釈することも可能だろう。また、「東洋人」のモデルと言える三島由紀夫が七〇年に割腹自殺したこと、さらには、ウィリアムズが八三年にニューヨークのホテルで喉に目薬のキャップを詰まらせて亡くなったことを思い起こすと、現代の観客にとっては、自己破壊の衝動に駆られた三人の偉大な芸術家を鎮魂する劇と受け取れるかもしれない。

実は、ウィリアムズは『男が死ぬ日』を三島の死後改稿し、拙訳の底本である一九六〇年版の約半分を書き換えている。この七二年版では、「東洋人」が三島の自殺について生々しく語ったり、西洋文化に侵されてアイデンティティを見失った現代日本の姿が描写されたりと、大変興味深いのだが、現在のところ未出版である。これを用いた世界初演は、六〇年版の初演（2008）に先立つ二〇〇一年、コネチカット州のホワイト・バーン劇場にて行われている。演出はアーサー・ストーチが手がけ、ジーナ・アーン、トニー・コーミア、クリス・チン、ターニャ・ロパート、中西正康が出演した。

ウィリアムズは三島との対談の中で、日本の若い作家が死という概念に囚われていることに興味を寄せている。三島と交わした会話にウィリアムズが触発され、この劇を書いたことは想像に難くない。『男が死ぬ日』の「東洋人」も、この劇のテーマは「自己破壊の形が東洋と西洋でどう異なるかということ」だと語る。終盤のモノローグはやや難解だが、西洋人が死に対する恐怖を乗り越えようとロマンティックな幻想をいだくのに対し、東洋人は死を身近なものとして受け入れ、超然としている、というのが眼目だろう。もし読者や観客を混乱させることがあるとしたら、「東洋／西洋」という対立軸に加え、「男／女」という軸が物語を貫いていることかもしれない。劇の前半ではむしろこちらが主軸である。ウィリアムズの中編戯曲で、『男が死ぬ日』を原型として書かれた――ただし、日本での自殺率の高さが語られる以外、重複はない――『東京のホテルのバーにて』（１９６９）においても、やはり芸術家と恋人の葛藤、そして芸術家が自ら創り上げる芸術に滅ぼされるさまが描かれている。ただし、そこに東洋対西洋という視点はなく、従来のリアリズムに近い形式で書かれ、物語は比較的明快である。

『男が死ぬ日』で「男」と「女」の闘いが描かれたように、『緑の目』では「若い男」と「若い女」の闘いが描かれる。男女の死闘、欲望と暴力といったテーマは、例えば『欲望という名の電車』のブランチ・デュボワとスタンリー・コワルスキーの関係にも描かれ、いかにもテネシー・ウィリアムズらしいところだ。

『男が死ぬ日』でも『緑の目』でも、精神的に衰弱した男がとても強い女に翻弄されるという図式が見られる。『男が死ぬ日』の画家の衰弱の原因は彼自身の芸術にあるが、『緑の目』の「若い男」の場合はヴェトナムでの戦争体験である。アネット・J・サディックによれば、ウィリアムズは『緑の目』の草稿から「ヴェトナム」という語を消し、「Waakow」と書き換えている（拙訳ではこれを「泥沼」としているが、サディックはwacked-out［＝イカれた］に由来するスラングではないかと述べている）。このエロティックなスリラー劇は、「若い女」が全身に傷を負っている原因を明らかにはしないが、ＰＴＳＤ（心的外傷後ストレス障害）に苛まれた兵士の心象とも――あくまで一つの見方にすぎないが――考えられる。実際、ウィリアムズはヴェトナムでの戦争に反対の立場を取っていた。また、劇の冒頭からしばらく「若い女」が全裸であったり、あるいは彼女が性行為についてあからさまに語ったりする点は、六〇年代に始まっていた「性の革命」の影響だろう。『緑の目』は非常に短い作品だが、ウィリアムズの作劇が同時代の現実世界で起きていた変化としっかり繋がっていたことをはっきり示している。

なお、底本に記載がないので記しておくと、『緑の目』は二〇〇八年、プロヴィンスタウン・テネシー・ウィリアムズ演劇祭において初演された。演出はジェフ・ホール＝フレイヴィンが手がけ、「若い女」、「若い男」はジェイミー・ペイジ、マット・ラスムッセンがそれぞれ演じた。

性に関する奔放な描写は、ウィリアムズ最晩年の劇『Something Cloudy, Something

Clear』（1981）の原型となった自伝的作品『パレード』にも見られる。報われない愛や満たされない肉体の欲望をテーマとした、チェーホフ的な短編である。

一九四〇年夏、二十九歳のテネシー・ウィリアムズは、マサチューセッツ州、ケープコッドという半島の先端にある小さな町プロヴィンスタウンに滞在し、初恋を経験した。相手はキップ・キアナンという二十二歳の若い男で、徴兵を忌避したカナダ人のダンサーだった。二人は町外れにある「ジャック船長の桟橋」に建てられた小屋に同居したが、キップにガールフレンドができたことから、一夏の関係は終わった（その四年後、キップは脳腫瘍で他界する）。傷心のウィリアムズはすぐさまノートに『パレード』の草稿を手書きしたが、そのページをノートから破ってしまった。ところが、同じ小屋に住んでいたウィリアムズの友人ジョー・ハザンが破られた草稿を保管していた。これをタイプした原稿をもとに、六二年、ウィリアムズは戯曲を完成させた。

ウィリアムズは三島との対談の中で、同性愛を「珍しいものとして、読者の注意を惹く」手段として使うことに批判的な見方を示している。『パレード』では、作者自身を投影したゲイの主人公の恋愛と欲望が屈託なく、とても自由に描かれており、同性愛に対する強い嫌悪が社会にあった時代、ウィリアムズが作家として世に出る前からこの草稿を書いていたことは注目に値する。

テネシー・ウィリアムズの、特に中期から後期の作品には、未翻訳のものも多く、英語でもまだ出版されていないものが百本以上あると言われている。ウィリアムズは日本で最も人気のある劇作家の一人であり、本書の出版をきっかけに、彼の実験精神に富んだ、型破りな作品群に対する関心が高まれば幸いである。

翻訳にあたっては、プロヴィンスタウン・テネシー・ウィリアムズ演劇祭のキュレーターを務める演出家デイヴィッド・キャプランさんから、戯曲の解釈について多くの助言をいただいた。同演劇祭は二〇〇七年から毎年開催され、『パレード』、『緑の目』をはじめ、現在までに十二のウィリアムズ劇を初演している。わたしは二〇一五年に演劇祭を訪れ、そこで出会ったアーティスト、研究者、編集者の方々が共有してくださった洞察から大きなインスピレーションを得た。特に、アネット・J・サディックさんによる作品解説や著書 *Tennessee Williams and the Theatre of Excess* (Cambridge University Press, 2015) は、このあとがきを書く上でも参考にしている。みなさんに感謝するとともに、プロヴィンスタウンとの縁を繋いでくださったアジアン・カルチュラル・カウンシルにもお礼を申し上げる。

『男が死ぬ日』は拙訳をもとに、二〇一九年九月、東京のすみだパークスタジオ倉で、ボビー中西（中西正康）さんの演出により日本初演される予定である。前述のとおり、ボビーさんは二〇〇一年の世界初演で「東洋人」を演じている。以来十八年間、テネシー・ウィリアムズと三島由紀夫が交わした友情の証である「西洋能」を日本に紹介しようと、並々ならぬ情熱をもって企画を進めてこられた。この劇を翻訳する機会をくださったボビーさん、そして、拙訳の三篇を畏れ多くも三島とウィリアムズの対談とともに出版する機会をくださった而立書房の倉田晃宏さんに、大きな感謝を申し上げる。

二〇一九年五月

広田　敦郎

＊本書では、作品の時代背景や世界観を鑑み、原文に準じて、現在では通常使われない日本語表現を使用している箇所があります。ご了承ください。

［著者略歴］

テネシー・ウィリアムズ（Tennessee Williams）

1911-1983。アメリカ合衆国ミシシッピ州生まれの劇作家。1944年に『ガラスの動物園』がブロードウェイで大成功を収め、1948年には『欲望という名の電車』で、1955年には『熱いトタン屋根の上の猫』でピューリッツァー賞を受賞している。

［訳者略歴］

広田 敦郎（ひろた・あつろう）

京都大学文学部卒業後、劇団四季、TPTを経てフリーランスの翻訳家／ドラマターグ。翻訳上演戯曲にトム・ストッパード『コースト・オブ・ユートピア』（第二回小田島雄志・翻訳戯曲賞）、テネシー・ウィリアムズ『地獄のオルフェウス』（共にハヤカワ演劇文庫刊）他。アジアン・カルチュラル・カウンシル2013年グランティ。

西洋能 男が死ぬ日 他2篇

2019年7月25日　初版第1刷発行

著　者　テネシー・ウィリアムズ
訳　者　広田 敦郎
発行所　有限会社而立書房
東京都千代田区神田猿楽町2丁目4番2号
電話 03（3291）5589／FAX03（3292）8782
URLhttp://jiritsushobo.co.jp

印刷・製本　中央精版印刷株式会社

落丁・乱丁本はおとりかえいたします。

Printed in Japan
ISBN978-4-88059-414-9　C0074
装幀・神田昇和

ボビー中西

2018.5.25 刊
四六判並製
336 頁
定価 2000 円

リアリズム演技

ISBN978-4-88059-406-4 C0074

コント赤信号に弟子入り後、1990 年単身渡米。数多のハリウッド俳優を輩出するネイバーフッド・プレイハウスに学んだ著者が、本場仕込みの演技術を開陳。トラスト練習、センソリーワーク、レペテション……初心者にもわかりやすく伝授する。

ジーン・ベネディティ／松本永実子 訳

2008.7.25 刊
四六判上製
128 頁
定価 1500 円

スタニスラフスキー入門

ISBN978-4-88059-311-1 C0074

「システム」というものはない。自然があるだけだ。わたしの生涯の目的は創造の自然に近づくことである。——難解と言われるスタニスラフスキー・システムを、その成り立ちを踏まえ簡潔に解説する。初心者に格好の入門書。

マルコルム・モリソン／三輪えり花 訳

2003.12.25 刊
四六判上製
224 頁
定価 2500 円

クラシカル・アクティング　西洋古典戯曲の演技術

ISBN978-4-88059-298-5 C0074

古典劇（ソフォクレス、シェイクスピア、モリエール、イプセン、チェーホフ）をどう理解し、演ずるか。マルコルムはこの難問を見事に解いてくれる。現役俳優や演劇を志す人たちには必携。

スティーブン・メトカルフ／鈴木小百合 訳

1998.8.25 刊
四六判上製
112 頁
定価 1500 円

季節はずれの雪

ISBN978-4-88059-254-1 C0074

ベトナム戦争に従軍したアメリカ合衆国の若者たちは、帰還後もその後遺症に苦しんだ。その苦悩は自分のみならず、周囲の人たち、特に家族関係にも大きな影響を与えた。

クリストファー・デュラング、ルシール・フレッチャー／三田地里穂 訳

1990.5.25 刊
四六判上製
80 頁
定価 1200 円

役者の悪夢

ISBN978-4-88059-139-1 C0074

電話の混線が引き起こすミステリアスな殺人事件を描いた「すみません　番号間違えました」と、芝居の迷宮のなかに閉じ込められてしまった男の恐怖を描いた「役者の悪夢」の２本を収録。「悪夢のWカクテル」だ。

クレイグ・ポスピシル／月城典子訳

2018.3.25 刊
四六判上製
256 頁
定価 2000 円

人生は短い／月日はめぐる

ISBN978-4-88059-405-7 C0074

階級社会の子どもたち、悩めるティーンエイジャー、結婚の夢と現実、親子の確執、迫りくる老い……。人生の区切りごとに起こる変化や問題にスポットを当て、現代ニューヨークに生きる人々のシュールな人生模様を描いた短編連作コメディ。